人生の友たちへのメ〜ル

東　宏治

鳥影社

人生の友たちへのメ〜ル

まえがき

件名　まえがき
宛先　読者のみなさま
日付　2019年11月10日

読者のみなさま

本書は、わたしが親しい友人たちに宛てたメールを集めたものです。タイトルの「人生の友たち」ということばには、(ちょっと大仰のきらいもありますが、) 生涯のとか、長年のとか言うより含蓄があると思い、表題にしました。読まれるとわかるのですが、確かに、収めた一四三通のうち、一人で十数通も宛てたひとが複数いて、それらは幼稚園、中学、高校、大学以来の、文字通り長いつきあいのひとたちですが、その長い年月の間に有為転変があるのだから、切れ目なく、ということではないし、また同じように古くて親しくても、むしろそれ故に、たいてい電話や直接会って用事が済み、メールのやりとりが殆どない友人もいるわけです。要するにここに現われる「人生の友たち」は、つきあいの時間の長短に関わりなく、わたしがこれまでの人生で知り合って親しくなり、たまたまメールというメディアを介して記録の残っている友だちということなのです。

わたしがこんな本を出そうと思いついたのは、去年（二〇一八年）のことで（正確なところはもう曖昧です）、その時点でメールボックスに保存されていた中から、わたしの定年時二〇〇九年三月から一〇年ほどの期間をを目処に選びました。わたしは、本書に面白さがあるとしたら、二〇人ほどの高齢者たちの（そうでない人も混じっているけれど、許されよ）、知的にも身体的にも元気な交友関係が、おのずと表れている点でないかと思うのです。この本はメール集なので、もちろん小説ではないけれど、むしろ小説でも（老人の登場する青春小説？そう聞くと読書意欲がそがれるかもしれないが）読むように読んでもらえたらと願います。今どきの老人は、こんな楽しい会話を、信じられないような長いメールを送ってやりとりしているのかと、若い人たちにあきれられるような小説。

宛先人の名前がニックネームのような人もあるのは、必ずしもプライバシーへの配慮からだけではありません。というのは、わたしが前もって意向を打診したとき、ほとんどすべてのひとが、こんな本が出ることを面白がり、名前の扱いは実名、フィクションどちらでもいいし、プライバシー配慮は当然で、信頼していると答えてくれたからです。わたしの意図の深いレベルで、読書というのは、たとえ著者名があっても（なくても）、本当のところ中身に没頭し、中身に一般性、普遍性があるか、というところに批評の目を向けているのでないかと思っています。名前については、いわばその没頭をじゃましないように、手助けするように、と考え気を配った結果ということです。

幸い、話題やテーマは一見単調なように見えて、ゆっくり読むと多様なのは、宛先人の個性や趣味や専門や仕事が、いろいろなジャンルに属するからです。みなさん実在の人たちなので、彼らのリアリティを想像しつつ読み取ってください。これは、小説を読むように、と先に言ったことと矛盾しません。面白い小説はそんなふうに読むものですから。

二〇一九年一一月

東　宏治

メール末尾の注（＊）（＊＊）などは、
・メール執筆時のもので、宛名人のためのものと、
・本書編集時の後日注で、読者のためのものとがあります。

論文の抜き刷りありがとう

件名　論文の抜き刷りありがとう
宛先　寅彦さま
日付　2009年3月14日

寅彦さま
論文抜き刷りをありがとう。読みやすい文章で、むかし『渦の音』(*)に君が書いた「アメリカ村キャンプ記」を思い出したよ。もちろん内容がよく理解できたとは言えないけれど、君が遺伝子の何を研究しているのか、素人なりに、ぼんやりとわかりました。ちゃんと遺伝子の勉強がしたいよ。ほかの自然科学の分野はもちろん、経済システムなども知りたいです。ではまた。

東　宏治

（＊）高校時代の校友会誌。

定年の日に

件名　定年の日に
宛先　宇崎哲也くん
日付　2009 年 3 月 31 日

宇崎くん
メールをありがとう。ぼくのアドレスはかろうじてセーフといったところです。というのも、今日（3／31）退職辞令というものをもらい、感謝会という夕食会（フレンチ）をしてもらって帰宅したところです。大学からもらったアドレスはもう使えないでしょう。今後は上記 eonet のアドレスでお願いします。

ところで昨日30日はフランス語パートが送別会を持ってくれ、懐石料理を振るまわれました。

3／18には言文センターの送別会（フレンチ）、3／21には学生とフレンチ、23日には工学部の親しい先生たちと夕食会（フレンチ）、3／14には、二〇〇三年の夏にサマー・プログラムでフランスへ語学研修に連れて行った学生たちと会食（和風フレンチ?!）、といった具合で、だいぶ美食に疲労気味です。あと４／３に名誉教授称号授与式というのがあり、昼食がでるらしく、これで退職の行事がやっと終了します。

退職とは無関係に、（実際は東もやっと退職で暇になるだろうから、春に京都で桜見物を企画しろと昨秋から言われていたので、無関係ではなく）４／６、７と岡崎の白河院という宿に一泊して、小学校時代の同窓生たちと観桜会があり、これでやっと自由になれそうです。宇崎君とも会う予定が立ちます。

ぼくが宇崎君たちを教えたころにすでに、ということはここで教え始めたときから早くも、退職の日を待望していたのかとわれながら驚きあきれ、しかしその通りだから仕方ないと納得しました。思えば三七年間よく続いたと感心します。

のんびり温泉にでも行きたいですが、新生活（絵を描き、へたな楽器をたのしみ、本を書く）もはやく軌道にのせたいです。

こういったところが近況です。都合の良さそうなころに候補日を言ってください。

ともあれメールをありがとう。うれしく思います。ではまた。

東　宏治

No 2　定年の日に

新作管弦楽曲の初演おめでとうございます

件名　新作管弦楽曲の初演おめでとうございます
宛先　島本由紀子様
日付　2010年5月10日

島本由紀子さま

ご連絡ありがとうございました。新作管弦楽曲が初演されるとうかがい、是非出かけたく思いましたが、都合がつけられませんでした。残念です。関西でも演奏される機会があればいいと思います。今回のご成功をお祈りします。どうぞ今後もご連絡をください。取り急ぎお礼かたがた。

東　宏治

北欧旅行／個人情報保護？

件名　北欧旅行／個人情報保護？
宛先　さっちゃん
日付　2010年6月13日

さっちゃん

北欧旅行（ヘルシンキ／ストックホルム／コペンハーゲン）から昨日帰ってきました。グループは十一人で、ぼく以外はカップルだったので、幸い思っていたような団体というイメージがありませんでした。でも基本的に「個人情報」保護とかで、自己紹介もないので、ぼくはかえってびっくりし、個人情報ということばに内心笑いました。親しくなれば当人間で名乗りあう程度のつきあいで（多分こちらから聞かなければ名乗ってくれなかったでしょう）、旅行中けっこう親しくなるのに、名前を知った人はけっきょく三人（うち二人は夫婦）だけでした。名前というものは交流に大切なものだと思うのですが。面白いことに、住みやすそうだと感じたのはストックホルム（ついでコペンハーゲン）といった大都市なのに、自分の肌にあう風景や建物が多いのはフィンランド（ヘルシンキ）でした。以前、はじめて西ヨーロッパをいくつか順繰りにまわったとき、人が善く親切でフレンドリーなのはラテン系のイタリアやスペインなのに、ほっとするのはパリやロンドンだったのと似ています。いろいろ見物したなかで、とくにもう一度ぜひ訪ねたく思うのは、コペンハーゲンから郊外へ電車で三〇分くらいの海辺の小さな町にある、ルイジアーナ（モダンアート）美術館（終日自由行動の日、旅行中唯一雨の日、ひとりで出かけました。浜辺に向かってゆるやかに傾斜した庭に、ジャコメッティとかヘンリ・ムーアなどの彫刻を置いてあります）と、ヘルシンキにあるアアルトという有名な建築家の自宅です（予約制で小人数に一般公開しているらしい。ツアーに組み込まれていたのは幸いでした）[*]。どちらも本当に気持ちのいい建物とロケーションでした。

こんな風にメールでしゃべるときりがないので、またお会いする機会にでも。

ともあれ元気に楽しんできました。ではまた。

東　宏治

（＊）このツアーは「北欧デザインを訪ねる旅」という〈テーマのある旅〉だったからだと思います。

「人体解剖図」／藤沢周平

件名　「人体解剖図」／藤沢周平
宛先　さっちゃん
日付　2010年7月26日

さっちゃん

OAZOでは「人体解剖図」というのと、雑誌「談（特集：偶有性）」（たばこ総合研究センター発行）という、どちらもへんてこな本を買いました（どうも落ち着けない本屋さんですね、ここは）。銀座のYAMAHAで「やさしい作曲の教科書」というのも。直接OAZOに行っても、その名前の由来も意味もわかりませんでしたが、職業柄か、なんとなくフランス語のOISEAU（発音はワゾーで鳥という意味。前に冠詞のようなものがつくとき、……オアゾーと聞こえなくもないのです）を最初に直感的に連想していました。丸善とは関係なさそうですね。

以前教えてもらった「雨天炎天」〔村上春樹〕はすぐ購入しましたが、全然取りかかることもできていません。北欧の少し前から読み出した藤沢周平がやめられなくて、文庫本をつぎつぎと。
ではまた。お元気で。

東　宏治

エスペラント語

件名　エスペラント語
宛先　さっちゃん
日付　2010年8月18日

さっちゃん
今日小袋、写真などいただきました。ありがとうございます。

小袋がこんなに立派できれいとは予想以上です。色合いも気に入ったし、使いやすそうです。娘さんたちに好評なのもうなずけます。プロとして売りに出しても、きっと人気がつくと思います。

たしかお母さんがむかし縫い物や仕立てをしていたのではと思いだしました。（また記憶違い？）ぼくのカバンよりはるかに仕事が正確で繊細です。ぼくのは革製だから頑丈ですが、重く角張っています。

さっそく今度の北海道旅行用の小物入れにしようかと思います。気にいって買った、例えばノートなど、かえって死蔵することが多いので、ちゃんと日常的に使わないともったいないですよね。

写真もうれしかったです。ぼくも早くアルバムを天袋から出さなくては。いいのが見つかるといいですが。

ところでOAZOがエスペラント語だったなんて不意を突かれた感じです。「オアシス」といわれればなるほどと納得。でもエスペラント語という言葉自体、最近耳にすることもなく、もう流行らなくなっていると勝手に思いこんでいました。

それにしても、世界共通語にという美しい理念にもかかわらず、期待するほど広まらないのは、ぼくの考えでは、エスペランティストたちの、共通の言葉を世界の人びとに広めたいという大きくて平和な理想よりも（でもこれはいわば押しつけ）、ささやかでも他民族の文化や人びとに興味をもって自発的にその異国語を学んでみようと思うひと（たとえばむかしよくいたアラン・ドロンにいかれてフランス語を受講するような女子学生たち）の気持ちのほうが、本当は真に平和なものだからです。押しつけではなくて自分からよその民族のむずかしい言語を勉強してみようとする気持ちが、世界の平和をささえると思うからです。ぼくはエスペラント語がもっと広まるには、長い時間をかけて（一〇〇年、二〇〇年くらいの単位で）文学作品や新しい表現作品を生み出さないとだめだろうと思います。

思いがけずなにやらおしゃべりがながくなりましたね。携帯だと読むのに苦労するかもと思い、ＣＣでどちらからでも読めるようにしようとしかけましたが、このアドレスは携帯用ではなかったですね。

じつはぼくの絵のモチーフに、「アムザ amuza 先生の家」というタイトルで、自分の勉強部屋や屋根裏部屋などを、フィクションをまじえた絵本風にしてみたいというのがあります。

近くに東大農園があるなんていうのは、お住まいがいい自然の環境にあるということですね。

暑さに負けずに画いてください。ではまた。

おくりもの、心からよろこんでいます。

東　宏治

古い写真、ありがとうございます

件名　古い写真、ありがとうございます
宛先　さっちゃん
日付　2010年10月9日

さっちゃん
携帯メールをありがとうございます。10／6にPCあて次のようなメールを送ったところでした。ちょうど出発した直後だったのでは？　やはり精力的に美術館めぐりですね。
返事は帰宅されてからでいいですよ。写真焼き増しはこちらで見つかりました。コンピューターなどで処理する会社ではと思います。
いい旅をつづけてください。

東　宏治

＊＊＊＊（送ったメール）
その後読書に写生に旅行にといそがしく励んでられることと思います。

やっと旧いアルバムを引きずり出し、（ついでに母のものでアルバムに貼らず菓子缶にバラバラなまま保存してあるのを大分類したりしたので、余計な時間がかかりました）山田家の二枚や、以前にお話したわれわれふたりの写った写真（建物の土台用の切石の上にぼくがふんぞりかえり、奥のほうでどうやら君がべそ?をかいている風な写真一枚。それも不鮮明なので残念ですが）を見つけました。

ところで、ネガでなく写真から焼き増しする方法ですが、最近は町の写真館が消えてゆき、どこに出そうかと友人にたずねているところです。そちらではどういう店に頼んだのですか。参考までに教えてください。

こうして見つかった写真をまとめてみると、この前焼き増しをもらった写真も、お父さん、お母さんがそれぞれリュウちゃんとコウちゃんを抱いた二枚の写真も、真木家と東家（こちらはぼくと母だけ）の集合写真を写した折りに撮ったものだということがやっとわかりました。それぞれ別な場所で見ていたので気づいていませんでした。それにしても撮影者は誰だったんでしょうね。

とりいそぎ。

東　宏治

「ミホ美術館」のことなど

件名　「ミホ美術館」のことなど
宛先　さっちゃん
日付　2010年11月12日

さっちゃん
メールありがとうございます。
「ミホ美術館」には車で一度行きました（「青山次郎の眼」という催しでした）。対向車とすれ違うにはかなり細いところもある山道を通ったので、自家用車でのアクセスはちょっと苦労もしましたが、シャトルバスが確かＪＲ瀬田か石山あたりから出ているので、たぶん広い別ルートがあるのだと思います。ロケーションはいいし、建物の内外も明るい雰囲気です。ただ気にするひとは、一瞬、どこかで宗教法人の造った建物かなと思うかも。何しろ周りにはこの美術館以外、人家はもちろん何一つ建物がないから、いま思い浮かんだイメージを言えば、都会人が車でしかおとずれることのできない郊外の、山中の美しい霊園（駐車場完備）といったところ。人里離れたリゾート地のたった一つの静かなホテル、というのとは違います。余計な想像ですが、職員さんは全員マイカー通勤かも（警備員さんはどうしているのか、など本当に余計なことを考えます）。

横浜美術館の「ドガ展」は途中から教育ＴＶで見て、写真との関わりで興味を持ちました。ヴァレリーのことを書いているとき、ドガは深い関係があり、少し彼の絵の構図で、写真との関連を考えていました。まるで写真のスナップショットのような画面構成なのです。ドガは当時始まった写真術に強い関心を持っていましたが、自身が写真を撮って絵に利用していたことまでは、言及する自信をもつことができませんでした。ああやっぱりそうだったかという思いです。直感で利用していたろうと思うのと、ＴＶで言っていたように写真を見つけてデッサンと照合すること（まさに実証ですね）とは別ですから。ぼくの書くものはそういう実証するような論文ではありませんが、そういう実証をとうぜん裏付けとして利用はします。

会期に間に合えば出かけるかもしれません。

ではまた。足立美術館や大山山麓へは季節的に（紅葉／天候など）間に合って出かけられるか危ぶんでいます。

東　宏治

ぼくの絵の描き方／作品を一〇〇〇個つくる

件名　ぼくの絵の描き方／作品を1000個つくる
宛先　さっちゃん
日付　2010年12月31日

さっちゃん
ひさしぶりのお便り、うれしく拝見しました。
インフルエンザ大変でしたね。まわりにインフルエンザにかかったというひとが幸いいなくて、よく報じられるわりに遠いことのように感じていました。
今朝は「五〇年日記」（という一年12ヶ月が見開き二ページに収まっており、ひと月分のスペースは5×4㎝くらいしかなく、四、五項目のトピックを簡略に記入するだけですが）の二〇一〇年三月〜一二月分を至急埋める作業をしていました。買ったのは一九八七年（昭62）で、前年八六年一月（42歳）分から記入を始めています。もちろん五〇年長生きするつもりはまったくなかったですが、いま67歳だから、想像以上に、このノートの半分を使っているのかと驚きました。この間、さっちゃんとは2回会ったのだなと思ったあと、メールボックスを覗いたので、まさにタイミングでした。（余談ですが、このタイミングという言葉には、ものすごく含みがあるので、英語をカタカナでそのまま使われるようになった訳がわかる気がします。）

前田先生のアドバイス身にしみますね。ぼくのスケッチは「さらりと描く作風」ばかりで、しかも「二〇〇枚くらい描いてやっと一枚」どころか、描くのはいつも一枚きりなので。ただ描きだす前に、気がつくと三〇分から小一時間くらい、なにやらその対象を見ながら考えていますが。考えるというか、頭の中でその考える線を引いては消しています。これは実際に絵を画いているのと同じような気がします。これはいうまでもなく前田先生への反論などではありません。以前に話したかもしれませんが、OLをやめた若い女性が、弟子入りした陶芸の先生に、まあなんでもいいから一〇〇〇個つくってみなさい、と言われたそうです。何をやっても、まず一〇〇〇個というのは、その通りだと思います。これも余談ですが、ぼくは中学一年で詩を書き始めたとき、毎日日記のようにして二、三個つくっていましたが（笑）、考えると一年で一〇〇〇個くらいつくったことになります。二年生になったころ、どうやら自分が書きたい詩のようなものがわかってきた気がしたもので。いつも自分にひきつけた話ばかりするみたいですが、けっきょく自分で納得したことしか、ひとの意見に、その通りだと言えませんものね。できあがる作品が、前田先生やクレーと差があるのはまた別の問題ですから。

健康に留意されて、よい年を迎えてください。

東　宏治

件名　明日の会食
宛先　寅彦さま
日付　2012年1月22日

明日の会食

寅彦さま

メールをありがとう。こちらも予定通りでOKです。ただランチを予定していたフレンチ（二条通にあり「にしじま」といいます）が月曜定休とわかってがっかり。三条京阪あたりに幾つか集まっているので、そこでもいいし、ホテルにはたしかバイキングのランチがあると聞いているので、そこでもいいかと思っています。

急遽、出版社のひとと短時間会うことになったので、その人には10時におなじカフェにしました。君は気にしないで11時頃に来て下さい。

では明日ゆっくりしゃべろう。たのしみにしています。

東　宏治

コンピューターの三人

件名　コンピューターの三人
宛先　寅彦さま
日付　2012年1月24日

寅彦さま

昨日はあのあと、近くの画廊に寄るようなことを言ったけれど、目の前にちょうど団地行きのバスが止まって待っているのを見て、思わず乗ってしまった。なにしろ一時間に一本しかないところなので。別れたあとどうも調子がよくないと思っていたら、帰宅直後、めずらしく（本当に何十年ぶりかで）吐いてしまった。（君は大丈夫だったろうな。もし二人がそうなったら、あのイタリアンがあやしいが。）コーヒーをアメリカンとはいえ合計五杯も飲んだせいで、胃が荒れてしまったらしい。昨日、今日と絶食しています。そんなわけで節子さんの焼き菓子はまだ食べていませんが、ぼくは（ショートケーキ類より）パウンドケーキ系が好きなので、ありがたがっていたとお礼を言って下さい。

コンピューターの分厚いけれど、やさしい概説書を極力ていねいに読んで、ぼくがコンピューターを理解するために必要だと考えた三つのポイントは、チューリングとシャノンとブール代数論理学だった。三つ目はよくよく思い出すと、院生の頃に、理学部の数学科の学生に、フランス語と交換学習ということで教わったのが、このブール代数論理学だった。(たしか、ブルバキという数学者グループが書いた教科書シリーズのひとつを使った。)そんなわけで、ともあれひとつは触れたことにして、最近「チューリング・マシーン」という本を読んでみたけれど、字面だけ追って終わりました。(笑)

ではまた。

東　宏治

放射性物質の中和？

件名　放射性物質の中和？
宛先　寅彦さま
日付　2012年1月27日

寅彦さま

メールをありがとう。理系の常識を知らなかったとはいえ、ちょっと質問の意味を正確に伝えていなかったかもしれないと思い返事します。けっきょく君の答えは先日の説明と変らないだろうけれど。

原発事故のあと、新聞の解説記事に、放射能と放射線と放射性物質の用語の使い分けが書いてあるのを読んで、放射線を発するとはいえ、たとえばセシウムが「元素」のひとつであるのなら、何か他の元素と、中和（あるいは化合）反応をさせて、放射線を発しなくなる化合物質ができないものか、それができれば、除染といって土をグラウンドから削り取るより効率がいいのでは、と素朴な疑問をもったわけです。

自然界にはセシウムを含む、つまり他の元素と結合した物質は存在しないのか？　もしそういうのがあれば、その化学式を参考にして、性格の似た元素を紙の上で（あるいはコンピューターに）次々と架空の組み合わせをつくらせ、セシウムから放射線を放出しない「中和物質」をつくりだすヒントにならないか？と考えたのです。セシウムのような元素は、原子核内での反応しかしなくて、一般の例えば炭素や水素みたいに原子価同士で結合はしないということやったかな。

ぼくの体調はその後「かゆ」→「やわらかいごはん」→「ふつうのごはん」となり、おかずも、まだ油ものは避けて、なるべく「煮物」ですが、昨日あたり「かつおのたたき」などもやり、順調です。二日間絶食した分、急速に空腹と栄養不足を実感するのは、回復したというしるしでしょう。もらったパウンドケーキも、ハーブティーとともに美味しくいただきました。

コーヒーはアメリカンとはいえ、まだ避けています。ぼくはコーヒー好きなので、今回のことではちょっとショックを受けたみたいです（笑）。それにしても先日の五杯は、昔の学生時代を思い出したね。ではまた。

東　宏治

●人生の友たちへのメ〜ル No 13

『生物と無生物の間』／『言語起源論』など

件名　『生物と無生物の間』／
　　　『言語起源論』など
宛先　寅彦さま
日付　2012年3月17日

寅彦さま

その後ご無沙汰しています。（いま校正の追い込みで大変です。）

おすすめの『生物と無生物のあいだ』[*]（じつはすでに所有していた。近くの知人におもしろいと勧められてすぐ購入し読み始めたものの、文章がどこか暗く重くて、――ぼくが言うのも何ですが、理系の人というより文系の人の文章だなあ――すぐストップしたまま、所有していたことも忘れていた。）をサーファーのあたりから読みましたが、デート中の幸運の発見物語はいいとして、肝心の発見物の内容を説明してくれるわけでなく、人間関係の話ばかりは読むのがつらいです。この著者は人柄もおもしろそうで才能も有る人のように思えますが[**]、なにか怨念が晴れないようなところが残念です。そちらのヘルダーの『言語起源論』は

どうですか？　ちなみに大修館書店の訳のほうが読みやすいはずですが、手に入っていると
いいが……。
　ところで4／7の同窓会に出席のようですが、ぼくは運悪くコンサートのチケットを購入
済みで、出席できません。年末に予約したもので、キャンセルできないのです。前回の同窓
会は入試業務と重なり欠席だったし、よほど縁がないみたいです。
　とりあえずはひさしぶりにメールしました。

東　宏治

（＊）福岡伸一著。
（＊＊）（後日注）この時点でこんな風な感想を述べているけれど、すぐ後で『動的平
衡』などを愛読するようになった。

『言語起源論』／『ポール・ロワイヤル文法』

件名　『言語起源論』／『ポール・ロワイヤル文法』
宛先　寅彦さま
日付　2012年3月18日

寅彦さま

返事をありがとう。「前回の同窓会」というのは、ぼくが六五歳で定年退職する年度末のことなので、三年前では？　ＰＣＲについての情報(*)もありがとう。さっそく読みます。ヘルダーは時代物だからそんな反応になるかもしれないけれど、最初に「腰をすえてじっくり読むぞ」と始めると、(ときどきプルーストを読んでるような気になることさえあった)、ぼくにはちっとも古くなくて、びっくりしました。同じ頃、同じ大修館から、同じような装丁で出た『ポール・ロワイヤル文法』というのも読んだけれど、パスカルの時代の文法書なのに、現代のフランス語のむずかしいとされる冠詞の用法の基本が、目から鱗が落ちるみたいによく理解できたので、これもびっくりしました。生意気を言うと、古典というのはこういうものか。フランス人の同僚に、この本のおかげで冠詞の基本がよくわかったと話したら、「何んという学識!!!」と皮肉ぽく驚かれたので、古典はどこの国でも同じように扱われるのだなと思いました。

君の「進化論批判」の本をたのしみにしています。コロンブスの卵みたいなのであれば、正解の匂いがするよ（真理というのは単純なものだから）、と読まないうちにぼくにそう言われても、気休めに聞こえるかもしれないので、期待して待っています。ぼくの方は、今日、三校を出版社に送ったところで、そろそろ大詰めです。装丁の絵も自分のスケッチを使ったので、たのしくもあります。ではまた。

東　宏治

（＊）（後日注）ポリメラーゼ連鎖反応の頭文字。ＤＮＡを増幅するための原理またはそれを用いた手法。

「クオリア」／「レアリテ」

件名　「クオリア」／「レアリテ」
宛先　寅彦さま
日付　2012年5月14日

寅彦さま

メールをありがとう。本が正しく二冊届いて安堵しました。またさっそく読んでくれたようでうれしいです。昔の詩を記憶してくれていたのも驚きました。

ところで「名前」の中身についての君の議論は、見当違いではありません。「クオリア」というのは最近の脳学者（名前がすぐに出てこない）がよく使っていることばだと思いますが、ぼくはたぶん同じことを「思考の手帖」などのなかで、自分なりに「レアリテ」と呼んできたつもりです。

理系の人が読むとそう思わないかもしれないけれど、文系のぼくは科学者が対峙するのも同じものだと考えて使っています。なぜこんな大雑把なことばにしているかというと、哲学者の用語は、わざとわからなくするように思うので、極力そんな匂いがこもらないよう、単純に見えるよう、心がけているからです。

脳神経情報の「意味」の正体は、確かに「意識」と言えます。もっともその言い方は文系的で、ぼくなどは科学の用語でその意識をどう呼んでいるのか、それが知りたいところです。君の言うとおり、「言葉の意味と意識とは異なるレベルにあるが、互いに同質のものということ」で、君が知りたい「意識」の正体を、ヘルダーはヘルダー流に「記憶」と言っています（というのが、ぼくが彼の『言語起源論』から学び興奮したポイントです）。君がこのあいだ京都ホテルかイタリアンかでこの本の話をぼくから聞いて、なにか心動かされる気がして注文までしたのは、きっと瞬間的に深いところで直感したからではないのかな。

詳しい議論は、君がこの本を読んでから（読まなくてもいいか）また会って深められると思います。

同窓会の報告は笑いました。でも、本当は、笑えないのは、きっと同じことを、君とホテルで会ったとき、君を見つけて手を振るぼくを見て、君がぎょっとしたふうに一瞬たじろいだ（ように見えた）のは、ぼくの変貌を感じたのでは、と思うから。

以前パリにいた（君はドイツにいた）ころ、中田君から「小学六年時の同窓会をやりました。君も帰国したら参加して下さい。」と写真同封の手紙が来たとき、まだ四〇歳にもなっていなかった仲間の顔を見てショックを受け「こんなおじさんおばさんとは会いたくありません」と悪態をつく返事を書いたことがあります。けっきょく帰国後まもなく参加を始め、現在に至っています。そのときは、しゃべり始めて五分もたたないうちに、小学生時代そのままの笑顔が現われてきたけれど、もうこれからはそんなこともないかもな。

ぼくも風土とかふるさと、もっと抽象化すると「土地の霊」(ラテン語でも genius loci という語があるらしい)のことを、よく考えます。具体的には、ぼくは徳島の川が好きです。

東　宏治

Re：『タブラ・ラサ』拝読

件名　Re:『タブラ・ラサ』拝読
宛先　パスカルくん
日付　2012年6月18日

パスカルくん

メールをありがとう。あんまり次々と話題を提供されるので、こちらもつい書いてしまいそうです。書かなくてもいいこと（打ち明け話）まで。

「コンニャク橋」のことは、卒業してから今にいたるまで、本当によく思い出しますが、詩を書いたとき、そこをイメージしていたかは覚えていません。でもそんな気もしてきました（思わず微笑）。「小高い丘」は眉山ですが、もちろん実際に登って書いたわけではありません。in memory of Tokushima と今回つけた後で、眉山かな城山かな、やはり眉山にしようと思いました。もし徳島の同級生が読んでくれたら、眉山をイメージしてもらおうといった感じで。高さは、実際には眉山より少し低く、城山よりは高い（などと勝手なことを言っていますね。ぼくも作り手であるとともに、読者でもあるので）。でもぼくがこんな風に具体的な想像ができるような後半二連を数十年も経ってつけ加えたのは、前半二連が極端に抽象的だったからです。

　亀山郁夫氏は、ぼくが勤務した大学で一〇年間くらい同僚だったのですが、こんなに本を出して有名になるとは予想しませんでした。そのころ、手書きでは何も書けなくなった、ワープロを使うことで、やっと仕事ができるようになったと、多分二人でしゃべっていたとき、なぜか告白していたことをよく覚えています。相手はたまたまぼくだっただけで、彼として切実な吐露をしたといった風に聞こえました。言っていることは、よくわかりました。そのころよりも、ぼくが定年で辞める数年前に、「言文センター（言語文化教育研究センター）」というわれわれの組織で、彼が元同僚たちを前に、ドストエフスキーについて講演したときに初めて、彼のこと（誠実さとか真摯さ）がよく分かった気がしました。誠実さとか真摯さというのは、ぼくにとって人柄を見る（たぶん一番）大切な要素なので。そのときの話の大筋は忘れましたが、小さなエピソード、彼が学会だったかでどこか初めての土地に行き、道が分からなくなって、夕暮れ時、幼い少女に道を尋ねようと話しかけると、少女が何も言わずアーと叫んで逃げ出したというエピソードをよく覚えています。今どき子供は受難の時代で、ひどいことが頻発しているから、その少女は無邪気ではいられないので。そのとき彼はアリョーシャかムイシュキンのような、子供の気持ちでいたのに、キリーロフ（だったか、ドストエフスキーによく出てくる、子供をいたぶる人物の誰か）になった気持ちを味わったのでは、と勝手に思い、思わず笑いました。ぼくも多少似た経験があって、大阪のある大学の小さな集会に参加したおり、構内で迷い、近くを自転車で通りかかった女子学生に、すみませ〜んと声をかけると、まるでぼくが透明人間であるかのように、ぼくの声を聞きながらゆっくりこぎ続けて行ったことがあり、そのすぐあと、今度は歩いていた別の男子学生に声をかけると、これもまるで聞こえない風にすーっと通り過ぎていったことがあります。このときも夕暮れどきでしたが、ぼくはここの学生たち、大丈夫かなあと心配しました。ぼくの身なりはふつうだったと思います。（余計な話でしたね。）

君の小学校の国語の先生は、本当に素敵なことをやってくれたものだと感心しました。海潮音の詩の紹介。「秋の日の……ひたぶるにうら悲し、」まで朗読してくれたとは、とにかくうらやましい。

ぼくも国語の教科書を読み返したいと、さかんに思います。小学校の教科書にあった、中西悟堂の「やまどりのはなし」や有島武郎のたぶん「一房の葡萄」、中学で読んだ「ショウジョウバエの遺伝の交配の話」、百田宗治の「楡の木」の詩（札幌の町が出来るのを楡の木がずっと見続けていたというやつ。楡の木は見ていた、というリフレーンが入ります）。／高校時代はどれも角川書店発行の分厚い本でしたね。どうやって手に入れているのか、教えて下さい。いや、君はどれも捨てずに残しているんだよね、当然。（笑）

ところでぼくも一年くらい前からYouTubeを知って、あれもこれもとブックマークしましたが、最近著作権がうるさくなったようで、「この動画は削除されました」というのが増えて、残念です。ダウンロードをすぐやっておけばよかったのですが（音楽だけでなく、たとえばとくに山田太一の初期の、いまでは見られないドラマ。たぶんＤＶＤで販売もされていない）、ぼくはその方法も知らずアプリも見つけられません。君はどうしているのかな？

ながくなりました。取りあえず今日はこれで。

東京で会いたくなりました。（８／11の城南の五〇周年同窓会は出席しないだろうね。ぼくはお盆というので迷ったものの、出席することにしましたが。）

東　宏治

三つの情報形態／「レベルの整理」／コンピューターの別な使い方、など

件名　三つの情報形態／「レベルの整理」／コンピューターの別な使い方、など
宛先　寅彦さま
日付　2012年7月8日

寅彦さま

メールをありがとう。返事が遅くなりました。返事を急ぐメールがなぜかつぎつぎと来て大変でした。メールというのは（パリにいたときも郵便物について同じことを感じたけれど）来るときは不思議に一時に重なり、来ないときは全く来ない。

ところで、科学と資本主義が相性がいい、どちらも「進歩主義」という共通性がある、というのはなるほどと思いました。さらに、言語と科学というより、言語的認識と科学的認識の比較というのなら、話にピントが合ってきそうです。これは新しいテーマかもしれないと

(君の関心と違っているかもしれないけれど) 思いました。お互い自分の専門と興味がうまい具合にクロスしているので、じっくり議論を (もちろん直接会って、口頭で、アドリブで。) メールのやりとりでは「弁証法的に止揚」されにくい。ぼくは知らないことが多いので、その場でQ&Aをやってもらわないと先へ進めないので。

ぼくの好奇心が最も餌に食いつく魚みたいだったのは、「情報」ということば (あるいは考え) で、言語情報と遺伝子情報と脳神経情報の区別、比較、定義化を正確にやってほしいことです。(この七月か八月に時間をとるのはどうですか。今度はぼくの方がでかけます。)

「これら三者は情報というカテゴリーで括ることができ、それぞれがレベル (階層) を異にする情報の基本形態であり、情報の基本形態は、これら三つ以外にはないと考えます。言語を情報形態の一つと捉えることで、ふつう言われていることとは違う展開が可能になるのではないか、というわけです」というレベルの違いを知りたいね。

ところでコンピューターについて、ぼくは「情報処理機械」というより、もっと創造的な道具 (聞き飽きた表現みたいで恥ずかしいですが)、いまある「自然」と別な「自然」(というか「不自然」) を作り出させることができるという点で、新しい機械ではないのかと想像します。たとえばいま存在している遺伝子を構成している同じ元素を、数学的に可能なすべての組み合わせをつくらせる。研究者から見て無意味な組み合わせの遺伝子（もう遺伝子とは呼ばれないわけです）がほとんど大部分ですが、この「不自然」「非自然」の織物における「自然界の遺伝子」の位置を眺めていると、その自然界の遺伝子のアイデンティティなり存在理由なりが理解される、というような研究ができるのでは？　組み合わせの可能性は無限にあるのに、なぜ人間や猿や植物の遺伝子（つまり地球上の生きもの）が選ばれているのか、数学的なアプローチができるのでは、といった空想を誘われます。これまでの帰納法的な科学の方法と別な科学の方法の道具。

添付したぼくの「レベルの整理」は、文系の（社会科学的な）学際的な研究会でした発表をもとに書いた論文です。奇妙な展開になっていますが、ぼくはもっと科学の分野で応用させられるようなアイデアでないかとひそかに考えていました。君に読んでもらった後、教わりたいのはそっち方面に広げられないかということです。（漠然とした言い方なのは、じつは自分でも分かっていないからです。）虫のいいことですが。もちろん自然科学では、一つの等式の左辺と右辺は同じレベルでないとダメだというのは聞いたことがあるけどね（『ぼくの思考の航海日誌』p. 175/21-72）、説明できない自然現象が、じつはレベルが違うことに気づいていないからということがないかということです。例えば、量子論と原子論の間のつじつまのあわない現象の説明のような。（自分で何を言っているか分かってないのは、よく分かっているよ。）

東　宏治

クラリネットのこと

件名　クラリネットのこと
宛先　さっちゃん
日付　2012年8月6日

さっちゃん
メールありがとうございます。こちら変わらず元気です。
新しいパソコンを思案中とのことですが、もちろんMacではないでしょうね。
ぼくがクラリネットを習っていることはお話ししたと思いますが、最近うれしかったのは、やっと念願のモーツァルトの「クラリネット・コンチェルト」を始められるようになったことです（この曲ご存知ですか？　これと「クラリネット五重奏」が大好きで、だからクラリネットを五五歳で習い始めたのです）。これまで数年、教則本を何冊かやったあと、ようやく曲をやれるようになって、与えられたウェーバーの「クラリネット・コンチェルト(*)」を三年かけてもOKが出ず、四年目でついに「先生、もうモチベーションがなくなった。新曲をやりたい」と言ってシューマンの「幻想曲」になり、これもちょうど一年になるので、そろそろ変えて下さいと頼もうと思っていた矢先、先週、先生のほうから、モーツァルトやりますかと声がかかったからです。先生には「どんな難曲も一年で仕上げます。もう絶対三年もかけない。ウェーバーのおかげで、何をどう練習すればいいか分かったので。」と豪語しているので、今度は周到に譜面も研究して、一年でOKがでるようにがんばるつもりです。

同窓会(8／11)が終われば、またメールします。

さっちゃんもテニスに、絵に、お励みのうえ、猛暑のなか、ご自愛ください。

東　宏治

(*)(後日注)正直言って、わたしはこのウェーバーの曲を練習中、(第二楽章を別にして)美しいとも面白いとも一度も感じたことがなかった。ずっと後になって友人(パスカル君)が送ってくれた好みの曲集のコピーCDの中でこの曲を偶々聴いて、笑いだしたくなるほど上手いと思い、美しくて楽しい曲だと思いました。名前を知らずに聴いた演奏家はザビーネ・マイヤー女史だった。先生に話すと笑われました。

『一房の葡萄』の女先生

件名　『一房の葡萄』の女先生
宛先　パスカルくん
日付　2012年8月15日

パスカルくん
お変わりありませんか？。
この11日の同窓会のため10日から出かけ、今日夕方に帰宅しました。一二〇名近くの出席で驚きました。学年三五〇人中物故者が五〇人ほどいるとのことなので三分の一が集まったのは多いですね。名札でアイデンティティを確かめねばなりませんでしたが。ところで世話人のすすめで詩集とエッセイを一〇部ずつ並べて（セールスしてくれる友人のおかげで／ぼくは内心迷惑だろうなと思いながら、突っ立っているだけ）全部買ってもらえました。ありがたいような、申し訳ないような……。
先日、とある百貨店に、最近さかんに宣伝している「ハズキルーペ」という、メガネの上にかけられるメガネ型ルーペがどういうものか確かめに行ったおり（けっきょく買いませんでした）、そのルーペが書籍売り場にあったので、ついでに文庫コーナーを何気なく覗いていたら『一房の葡萄』が目に入り、さっそく購入しました。よく覚えているつもりでしたが、記憶していたのは肝心のストーリーでなく、雰囲気だったことが判明し驚きました。またあのやさしくも賢明な女先生が、よく考えると外国人（アメリカ人？　イギリス人？……）であることも、今回発見したことです。

　じつは内町（うちまち）小学校には助任（すけとう）小学校と似たようなもので「白い手の」美人先生はいませんでしたが、内町幼稚園の梅組担任の高橋先生が、子供心に原節子に似ていると思い、一目で好きになりました（ぼくの初恋の女性です）。幼稚園児が原節子そっくりだと思ったことから、ぼくはすでに原節子の映画をみていたらしい。たしかに幼いころから父に連れられて映画館にはよく出かけました。のちに「お父ちゃんは、けっきょく映画監督は誰が好きなん？」と尋ねたことがあり「うーん、やっぱり小津かなあ」と言っていたので、小津安二郎のものを観ていたのかもしれません。いずれ作品年譜で確かめてみますが。でも実際に小津安二郎のおもしろさがわかったのは、大学生になってＴＶで放映されるようになってからで、なんてかったるい映画なのに、なぜいつまでも心に残るのか、と徐々に気にかかるようになりました。決定的だったのは、フランスにいたころ（一九八一〜八三）向こうのＴＶで「東京物語」が放映されたのを観たことです。ＴＶだけではなく、フランスの小さなシネコンで、溝口や成瀬など日本ではもう観られなくなった昔の日本映画をたくさん観ることができました。しかも監督ごとにまとめて。話がそれましたが、その高橋先生は美しいだけでなく、どの子供にもやさしく、けっしてえこひいきをしない公平な、聡明なひとだったと思います(*)。いまもお元気で変わらずやさしいと小学生時代の同窓生から聞きますが、会いたいような会わないでいたいような……。でも自分もいずれ死ぬことを考えると、会っておきたくなります。

送ってもらったパスカル版国語教科書アンソロジーはまだ全部は読めていません。視力の衰え（緑内障）で、なかなか行が先へすすまないのです。君のように視力が変わらず聖書などの小さな文字が読めるのはうらやましいです。でもまあ時間はかけることができるので、ゆっくりやります。続巻のリクエストもいずれお願いします。ところで iPad でページを写真にとり拡大する、あるいはもっといいのはＯＣＲを使ってデジタル文字テキストにして拡大することは有効、可能ですか？

だいぶ遅れましたが、「白い手の美人先生」の件、報告しました。

ではまた。そちらはその後いかが？　なんとしても（秋？）そちらに出かけたく思います。

東　宏治

（＊）（後日注）わたしは先生のその「公正さ」をちゃんと尊敬していました。子供って、大人をしっかり見ているものですね。

「アメリカ村」キャンプのこと／ピアノ・バー

件名　「アメリカ村」キャンプのこと／ピアノ・バー
宛先　さっちゃん
日付　2012年10月16日

さっちゃん
アドレス変更メール、受け取りました。ありがとう。

こちら変わらず元気です。視力は徐々に悪くなるみたいですけど。

そちら、五〇周年同窓会とのこと。お盆でないのはせめてもの配慮ですね。たのしんで下さい。

ぼくは高校の同窓会で本当に珍しい友人に声をかけられました。高二の夏に寅彦君ら四人で一週間、和歌山の「アメリカ村」(日御碕という灯台のある丘) へキャンプをしに出かけたことがあって、そのときの一人です。移民して今は帰国した老人たちが多く住む村で、イングリッシュの勉強になるとの誰かの提案で行ったのですが、アメリカとは何の関係もなく、それらしい老人もまったくおらず、そもそものキャンプ中、村人と接触した記憶もほとんど残っていません（唯一雑貨屋のおばさん。「移民?! そんなひとなんておらへんよ」）。一週間、かんかん照りのなか、泳ぎ、料理し、しゃべり、たのしかったけれど、最終日だけ雨が、テントに流れ込んできて、みじめな一夜をすごし、その雨のおかげで記憶が暗くなりました（笑）。悪い記憶だけよく残るものですね（寅彦も同じことを言っていた）。でも今となってはなつかしい思い出です。その声をかけてくれた彼が（もう昔のイルカのような体型ではなくなっていた）Piano バーへ連れて行ってくれたのです。

だから君にもそんな邂逅があるかもしれませんよ。ではまた。

東　宏治

PS：よく考えると、ピアノ・バーのことを言うために、全然知らない高校時代の思い出話をしてしまいましたね。

生まれて初めての入院と手術／土鈴

件名　生まれて初めての入院と手術／土鈴
宛先　絵美里さま
日付　2012年11月6日

絵美里さま

メールありがとうございます。この8日に入院、9日に手術となるので、入院の準備を少しずつやっています。先月の27日に右肘を複雑骨折してから手術まで、けっこう時間がかかるものですね。（へたに急いで手術をすると、余計な神経を傷つける恐れがあるので、あえて患部を寝かせるのだそうです。）その間、生活は不便ですが、さいわい痛みはさほどありません。もっとも、若いときとちがって、痛みは歳をとるとだいぶ遅れて現れると言われますが、それも多少当たっている思いもしました。

熊野の「土鈴」の件は、気持ちのよいハプニングとなりましたね。こういう人間的な応対は、聞くだけでもうれしくなります。「浄送」などという言葉はぼくも初めて知りました。
入院すると、しばらくメールできなくなりますね。

ではまた。

東　宏治

（＊）（後日注）わたしは地下鉄のホームから落下して右肘を複雑骨折した。生まれて初めて入院と手術を体験した。右脚から落下しつつ、左手に重い荷物をもっていたおかげで（？）バランスがとれ、両足で着地したのだが、その間に、「何これ!?」「あ、落下している」「やばいなあ」と、三つのことを考えた。思考というものの速度のことを考えた。

退院／リハビリなど

件名　退院／リハビリなど
宛先　絵美里さま
日付　2012年11月15日

絵美里さま

そちらはいかがですか？

ぼくは昨日（14日）無事退院しました。8日（木）に入院し手術は翌金曜日午後で、四時間ほどかかった、かなりむずかしいものだったそうです。「細片化した骨を、ジクソーパズルのピースみたいに集めたんですが、どうしても一個見つからなくてね。でも幸いうまくいきました」と主治医に言われました。終わった夕方六時から翌朝六時まで、12時間、痛くてほとんど眠れませんでしたが、七時ころから嘘みたいに痛みが完全に消えました。後はベッドで横になるのは就寝時だけで、ベッド脇のイスに座って、点滴を受けたり、TVを観たり、朗読CDを聴いたりしていました。

リハビリも始まっています。明日16日外来として、主治医の診断とリハビリを受ける予定です。

そんなわけですので、どうぞご安心下さい。

京都は急速に、順調に、紅葉し始めています。（お話の北海道と大違いです。大変ですね。）きっと25、26日ころはちょうどいいのではといった印象です。お会いできないのは残念ですが、楽しんで下さい。

とりあえずはご報告。

東　宏治

退院して元気にやっています／山田太一／グールド

件名　退院して元気にやっています／山田太一／グールド
宛先　さっちゃん
日付　2012年11月18日

さっちゃん
お元気ですか。メールありがとうございました。
ぼくのほうは11月9日（金）に手術して14日（水）に退院しました。全身麻酔で四時間ほどかかるけっこう難しい手術だったらしいですが、うまくいきましたよ、と主治医に言われました。三、四個の散らばった骨をジグゾーパズルみたいに集めて、肘のところでチタン合金板にねじ釘で留めたとのこと。終わった夕方六時ころから翌朝六時ころまで、患部というより全身の痛みで、ほとんど眠れなかったのですが、七時ころには痛みが急速になくなり、今にいたっています。リハビリも入院中から始まっており、ギブスはつけたままで不便ながら、普通の生活に戻っています。明日はコンサートに出かけますし……。

そんなわけで、ひとまずご安心ください。帰宅後は山田太一の古いドラマのＤＶＤ（「二人の世界」「三人家族」「岸辺のアルバム」。どれも長い連続ドラマ）をひたすら見続けています。入院中はグールドについての朗読ＣＤを聴いていました。

とりあえずはご報告まで。ではまた。

東　宏治

術後経過／レオニ／植物園の「ふう」

件名　術後経過／レオニ／植物園の「ふう」
宛先　絵美里さま
日付　2012年12月5日

絵美里さま
メールをありがとうございました。さいわい術後の経過は順調で、今日ギブスがすっかりはずせました。かなり以前から外して入浴OKの許可も出ていたのですが。ただ腕の伸縮は、リハビリの効果が顕著とはいえません。指が動くのでクラリネットも始めました。12月は自己練習にし、1月からレッスンを再開するつもりです。
ぼくもおなじころTVのローカルなニュースで見た植物園の「ふう」とかいう一本の木の紅葉を眺めに、翌日、ついでもあって出かけたのですが、残念ながら盛りを過ぎていて肩すかしをくらったみたいでした。情報が古いものだったのですね。それに、今年は見頃が短かったようだし。ひょっとして絵美里さんなら以前から「ふう」の存在をご存知だったかもしれませんが。

リハビリの回数が増えたので（週三回）ついでに京都での用事をつくっています。金曜日には伊勢丹の「えき」というギャラリーでレオ・レオニ展があるので、これはついでじゃなくて、楽しみに出かけます。レオ・レオニの絵本が三〇冊も日本語に訳されていたとは知りませんでした。初期の数冊以来出ていないと勝手に思い込んでいました。もし会場で売っていれば買い込むつもりです。子供達とかかわる会もされているようなので、絵美里さんはちゃんとフォローしていたことでしょう。「自伝」の翻訳はでていないそうなので、英語ででも読みたいものです。情報ご存知でしたら教えて下さい。

月末あたりから北海道など低気圧で大変なようですね。

ではまた。ご自愛下さい。

東　宏治

件名　ブルー・オーロラ・プレイズ・バッハ
宛先　さっちゃん
日付　2013 年 1 月 21 日

ブルー・オーロラ・プレイズ・バッハ

さっちゃん
今日、紅茶が届きました。ありがとうございます。遠慮なくいただきます。
味の感想は後日、飲んでから。
ところでびわ湖ホール（小ホール）での演奏は「ブルー・オーロラ・サクソフォン・カルテット」で、オールバッハ作品（だから期待して行ったのです）。非常に上手いアンサンブルで堪能しました。ほとんどの聴衆が満足したのではと思います。バッハのむずかしい（と思う）ピアノ曲（たとえばゴールドベルク変奏曲）を上手に編曲して、四人がそれぞれいいところが聞こえてくるようになっていて、感心しました（いわゆる「けれん味」のある演奏と編曲！で、一般受けするなあと感じました）。

ではまた。

東　宏治

『天地明察』／サピエ図書館

件名　『天地明察』／サピエ図書館
宛先　さっちゃん
日付　2013年2月14日

さっちゃん

メール拝読。紅茶をいろいろ試しているとのこと。ぼくはコーヒーが好きですが、あまり探求していません。ワインも知らないし。でもそれらにうるさくて、任せられる友人や元教え子がいるおかげで、楽(らく)と得(とく)をしています。紅茶はさっちゃんですね。

渡辺さんご推薦の『天地明察(*)』、映画を観ようと思いつつ(時期が肘のけがのころで)見逃したので、いま視覚障害者のための「サピエ」という団体の図書館(**)(点字だけでなく音読図書もあります)から音読図書をダウンロードして、iPadで聴き始めています。面白く、むかしミステリーを早く先を読みたいと思った風に先を聴きたくなっており、やっと読書(?)の楽しみをとりもどす思いです。

ではまた。お元気で。

東　宏治

（＊）著者は冲方丁（角川書店）

（＊＊）視覚障害のための、ネット上の「図書館」で、障害者手帳をもつひとに、ＩＤ番号とパスワードが与えられてアクセスできる。主催者は、「全国視覚障害者情報提供施設協会」。わたしは「緑内障」の主治医のアドバイスで障害者手帳（２級）をもらえることを知り、右の「協会」に申請し登録した。

職人のように

件名　職人のように
宛先　木佐木くん
日付　2013年3月6日

木佐木くん
親切なメールをありがとう。ぼくの詩集についての君の感想、素直にうれしく受けとめました。負け惜しみでなく、いつか誰かにわかってもらえる、と思わずにはこんな孤独な作業やってられないよね、お互い。半年ほど前にみたTV番組〈和風総本家〉の中で、メイド・イン・ジャパンのある「毛抜き」製品の機能と、その職人の仕事の素晴らしさに気づいたイタリアの有名な老舗小間物店の主人が、はるばる日本までその職人をたずねて来、自分の店に置くようになった経緯、そしてその商品を使った、たとえばイタリアのファッションモデルが、静かに使い勝手のよさを賞賛している。その様子をVideoで見せられたその職人さんが、「あなたよかったね」とこれも静かにささやく奥さんと一緒に、ひっそりと喜んでいる、という画面をみたとき、ああぼくもこの職人さんと同じ気持ちで仕事をやってきたと思いました。この職人が「いつか誰かにわかってもらえると思ってやってきた。……でもちょっと時間がかかりすぎたよね。」とつぶやいていました。ささやかなことながら、身近な君にあらためて言われると、やはりうれしいです。

ところで、『ぼくの思考の航海日誌』が見つからないようなことはぼくにもよくあることです。とりわけここ数年。本だけでなく、ついさっき、目の前にあり手に取っていた例えばハサミが不意に行方を見失うことが。やれやれです。

ではまた。

東　宏治

iPad／サピエ図書館／中村文則など

件名　iPad／サピエ図書館／中村文則など
宛先　パスカルくん
日付　2013年3月6日

パスカルくん
ご無沙汰していますが、お変わりありませんか。こちら変わらず元気です。
すでに書いたかもしれませんが、2月中旬には担当医から、骨のつき具合も順調で、もう大丈夫です、リハビリ、もういいでしょうと言われました。本人としてはすでに12月にはそう感じていたものの、やはり解放感がありました。
iPadの扱いも多少慣れてきました。君に教えてもらったページをダウンロードしましたが、参照するのはやはり面倒くさく、あまり進歩していません。それでもぼくがiPad購入のおもな目的としたことがらは、かなり達しつつあります。

（1）サピエ図書館という目の不自由な人のためのネット図書館からダウンロードして、DAISY図書（一般のＣＤとは別の規格によるＣＤ。国際規格であるらしい）という音読本を、DAISY専用のVoice Of Daisyというアプリを使って聴くことで、既に十冊ほど（中村文則、村上春樹、藤沢周平など数点ずつ聴きました。とくに中村文則には驚き感心しました）。読書の（聴書というべきか）よろこび、楽しさがよみがえってきました。

（2）最近、朝日新聞デジタルを申し込みました。紙の新聞と同じように読める画面の記事をクリックすると、デジタル文字化され、それをiPadのVoice Overという読み上げ機能を使って音読させることとです。苦労して読んでいた新聞を、耳で聞けるようになれば、だいぶ楽になると思っています。

（3）またiPadのカメラ機能で写真に撮りＯＣＲソフトでデジタル文字化させ（これも横書きでないとだめです）それをVoiceOverで読ませること。これは既にすこし試みてみましたが、今ひとつです。(*)

ところで、気候もよくなってきたし（北海道、東北はまだ何かと大変みたいですが）東京ミニ同窓会に出かけてみようかと思い始めました。そちらの都合や予定はいかがですか。漠然とした聞き方で申し訳ないですが……。自分が思い切るきっかけが欲しいので、正直こんな聞き方をしているところがあります。

とりあえずは。

東　宏治

（＊）（後日注）後に、Microsoft 系のアプリに、Office Lens というものの（Ｍａｃ版あり）存在を知り使っています。こちらは使いやすいです。

右肘骨折治療／「スウェーデンのすべり台」

件名　右肘骨折治療／「スウェーデンのすべり台」
宛先　木佐木くん
日付　2013年3月27日

木佐木くん
メールありがとう。ぼくの腕のけがは、（もう旧聞に属する出来事になりましたが、）2月初旬に担当医から「もう大丈夫」と術後検診とリハビリの終了を宣言されて以来、日常生活に全く不自由なくやっています。痛みなどもなく、指、手首も肩も自由に動くし（楽器、絵筆、鉛筆も以前と全く変わらず操っています。もっとも、これは年末からすでにできていました）、後遺症として右肘のところが多少「く」の字に曲がったままで、これは元には戻らないので仕方ありません。
笑えるのは、手術してくれた先生が、手術直後、直角にまがったままの右肘を心配して「先生、こんなの元にもどるんですかあ?!」とたずねるぼくに、「大丈夫、リハビリ次第です」と言っていたのに、しばらくすると（実際はほんの十日ほど）「実はぼくも空手をやっていた学生時代に、東さんと同じところをやっちゃって、これ、こんな具合に《く》の字に曲がったままで、ネクタイがいまでも結べません。釣り銭を受け取るとき、ほら、こんな風に《何んかおくれ》スタイルになるんですよ」とほんとうに笑わせてくれたことです。上述のように一応慎重にレントゲンを撮って術後経過を見ていた先生がＯＫを出したとき、ぼくのほうがまじめにリハビリに励んだおかげで、両手で顔も洗え、ネクタイも結べるし、クラリネットのレッスンも正月から始めていたのだから、「あ、ぼくより遙かに優秀です。くの字の多少の曲がりは仕方ない。これは生活上あまり支障はないですよ」と「安心」させてくれました。

じっさい、くの字の曲がりは、服の袖を通すときちょっと引っかかる程度でさして支障はないので、ともあれご安心ください。

お宅のお花見のとき思い切って顔を出せばよかったなと思います。ぼくの姿を実際に見てもらっていれば、老いての骨折の同情すべき悲惨、など多分感じなかったと思います。ぼくの骨折を身近で知るひとたちは、すっかり忘れている風です（他人ごとということばもあるしね）。君がいつも心配してくれているのがありがたいです。でも多少詳しく説明したので、きっとこれからはすっかり安心して、ご「放念」してもらえることと思います。

君の絵本「スウェーデンのすべり台」はなぜか泣かせますね。夢でみたということで、その夢を想像してみました。夢のなかの気持ち、気分、雰囲気も。むかしぼくもこんな夢を見たよ。サーカスのテント小屋のなかで、高い高い天井近くを端から端まで長あ〜いブランコで往復しているといった夢。そんな夢を思い出しました。

上杉さんとは『智恵子抄の光と影(*)』を読んで（知人に朗読してもらって）感想を書くなどして何度かメールのやりとりしました。地元で文学講座の講師を長年続けているようですね。

勤めていた大学の元同僚のドイツ語の先生に、ぼくの詩集を送った際、しゃべっていると、彼が、君が以前属していた「鷹」同人だということがわかりました。最近「鷹俳句賞」をもらったよし。以前自分も詩を書いていたけれど、詩を書いていると、自分がたこ壺に入るような気がしてきた。俳句は普通のおばさんにもわかるジャンルだから、そちらのほうへ行ってしまった、と言うのを聞き、なるほどそうかと心打たれる気がしたのです。でもその受賞した十数首をみたら、どれもむずかしく、とても普通のおばさんにはわからないのでは（笑）と、心配したけれど。君の富士山の句はどれも「おばさんにもわかる」作品だし、ぼくの詩だって、どんなおばさんにもというわけにはいかないかもしれないが、わかりやすい部類の詩だと、ひそかに自負しているけど……。

眠くなってきました。今日はこれで。ではまた。

東　宏治

（＊）上杉省和『智恵子抄の光と影』（大修館書店）

山田太一、木下恵介ドラマ

件名　山田太一、木下恵介ドラマ
宛先　パスカルくん
日付　2013年4月16日

パスカルくん
メールをありがとう。情報うれしく拝見。まさに山田太一の初期の連続ドラマで、じつは松竹ヴィデオというところから、それぞれ数枚組のパックで売り出していたので購入し、去年全部見ました。ありがとう。ちょうど骨折のリハビリの頃で（だったと思う）、グッドタイミングでした。どちらも主演俳優が男女とも同じなので、購入前に松竹に電話して確かめたほどです。（電話口のひとも、ちょっと笑っていたような気もするくらいで。）三島雅夫とか、あおい輝彦（漢字不確か）など、懐かしい名前が出ています。もともとYouTubeで検索して無料で観られたものを、ダウンロードするまえに、たぶん松竹からクレームがかかり、見損なっていました。

ともあれ感謝。

取り急ぎ。

東　宏治

右肘骨折や緑内障の報告で驚かせたようだけど

件名　右肘骨折や緑内障の報告で驚かせたようだけど
宛先　寅彦さま
日付　2013年6月29日

寅彦さま

メールありがとう。ちょっと驚かせすぎたかなと反省しています。(文章にすると、話すのとちがった印象を帯びさせる力があるから。)

事情を知らない人はもちろん、知っている知人友人も、見かけは普通なので気づかなかったり、忘れたりしてつきあっているし、なにより本人も意識しないことがほとんどです。本や新聞や役所からの書類に向かうのでなければ、ふだんは近視のひとと同じなので。(*) 早い話、去年、京都ホテルオークラで会ったとき、君はとくにぼくの目が悪いと気づかなかったと思うし、その後、あるいは最近になって、状況が悪化したということではありません。あの日ホテルやレストランで緑内障とはどういうものか詳しくしゃべっていれば、前便メールに書いたのと同じ説明をしたはずです。（あのころはまだ iPad は購入していなかっただけで、朗読は可能な近隣・知人にときどき頼んでいました。）たぶんいま君の頭には、白い杖をもった盲人のイメージが無意識裏にあるのでは？

ぼくも月、金は空いています。7／6（金）か7／8（月）あたりか？　ただ最近、ぼくも歯を一本抜いたので、7／2（火）の治療日に、次の予約が決まるはずです。それを確認してから確定しようか。

東　宏治

（＊）たしかに地下鉄のホームから足を踏み外したのは、この自己過信というか、向う側のホームにある行き先表示を確かめようと前に出すぎたせいです。これは足元の視野が欠けていたのかもと、後で思います。節子さんの勘が当たっているかも。階段を降りるときさすがに慎重になりました。

石原純／ショウジョウバエ

件名　石原純／ショウジョウバエ
宛先　パスカルくん
日付　2013年7月11日

パスカルくん
まだ奥の細道のツアー中と思いますが、忘れぬうちに、依頼あり。（佐村河内はまだあのままなので、しばらくお待ちを。目が悪いとプリントアウトして読むのが苦痛で、つい後回しにしてしまいます。）
以前送ってもらった、苦心の中一国語教科書アンソロジー中、「もくじ」にあって、収められていなかった「ショウジョウバエの話（駒井卓）」「なぞを解く喜び（石原純）」のコピーを暇なおりにお願いします。先日寅彦くんと京都で久しぶりにしゃべり、遺伝子について、一杯のアメリカンで数時間（システマティックに）質問攻めにしたのですが、ぼくの遺伝子の乏しい知識は、この「ショウジョウバエ」と高校三年時の「生物」の授業（卵割の話）がいまだに出発点なので、何が書かれていたのか、確認したくなったのです。
（石原純はおまけ。個人的に興味あり。わかりやすい文章で科学の話を書いていてお世話になった記憶あり。）

東　宏治

追伸：生物の授業で、受精卵の「卵割」の話を聞いたとき、一番印象に残ったのは、卵割の初期の段階では、予定後背域、予定前腹域、それぞれの部位を交換しても、それぞれ移植先の部位に成長するという実験があるということで、それを聞いたぼくが小声で「つまり背に腹は替えられる、ということやな」と言ったら、周りのくすくす笑いが大きくなってきて、……。これ、君好みのダジャレだろうと思って、思い出しついでに追記した。

スケッチと写真

件名　スケッチと写真
宛先　さっちゃん
日付　2013年7月14日

さっちゃん
メールありがとうございます。その後変わらず元気にやっています。

スケッチもやっと心が動き描くようになりました。といって、室内風景ですが。

描きながら、目が悪くなって見え方が鮮明でない分、iPadでその室内を撮り、自分の見え方と写真を見比べる方法を思いついて、拡大し縮小して、細部を点検したりしています。写真によって描き足すということではありません。ああ、細部はこんな具合になっているのか、でも視力がよくても、ここまでは見られなかったろう、とか、かんとか、つぶやきつつ……。

こんなやり方はいいのだろうか、邪道だろうか、など考えることもありますが、近眼になれば画家だって眼鏡をかける、それと同じではないか、昔の（いまもそうかもしれません）画学生が解剖学を学び、人体の筋肉や骨格の仕組みを知るのと同じではないかとも考えるのです。これは悪いことじゃないぞ。でもこうして細部などを知った上で、自分が描きたいのは、細部ではなく、細密画でもなく、ものと自分との距離感であり、空間の広がりであり、空気なので、するとiPadは目が悪くなることの助けになるとは言えないのです。ちょうど解剖学を学ぶことが、直接には人物の肖像画に役立たないように。でも迂回路を経て人物の見方に役立っている具合に、写真を拡大するなどの行為はやはりどこかで影響をもたらすのでは？

同窓会の写真の話、徳島バスで昭和35年7月31日、北の脇海水浴場へ行ったことは、全然覚えていません。でも先般、立川の昭和記念公園でサイクリングしながら、古田君としゃべり合った、同じ頃の「大神子（おおみこ）海岸」へ数人と自転車で行ったのは覚えており、写真も、探せば見つかるかもしれません。

『天地明察』は結局終わりのほうはあまりおもしろくなかったのでは？　若い頃がやはりドラマがあるということですかね。なにやら意味深でもあるような……。

ぼくも旅に出たく、あれこれ吟味しつつ、なかなか実行できません。近所のイタリアン・カフェのご主人に、鞆の浦（瀬戸内の）をさかんに勧められています。宿をネットで調べるのが（情報は多いが決め手が見つけられなくて迷うばかり）おっくうになります。この種の情報は、とくにレストランなどは、直の口コミが一番正確ですね。

比叡平村も暑いですよ、今日も雷雨と太陽がめまぐるしく変わり、むし暑い一日です、と書きかけて温度計を見たら28℃で、やはり暑いと思うのですが、以前大阪の地下鉄の弱冷房車がこの温度設定と聞いたことがあるので、文句言えないのかも。

とりとめなくなりました。ではまた。

東　宏治

件名　お引越し
宛先　中田好宣さま
日付　2013 年 7 月 11 日

お引越し

中田好宣様
この猛暑のなか（暑さだけじゃない、☂／☁／☀のめまぐるしい変化という異常さ）、引っ越しされたそうで大変でしたね。
　そんなご多忙のなか、さっそくに住所変更のご連絡いただきありがとうございます。パソコンのアドレス帳を開いたら、（君はもちろん、ぼく自身も）驚いたことに、ちゃんと山羊さんの実家として法花（ほっけ）の住所もメモ欄に載っていました。長男くん、次男くんのも（きっと昔のだと思いますが）。君たちご夫婦と、いかに長いつきあいかと思いました。ついでに電話番号もそのままじゃないかと確かめましたが、さすがにこれは変わっていました。近くなら手伝いに馳せ参じるところでしたが。
　もちろん皿(*)のことは承知しています。もっとも鳥たちは心待ちにしている風で、今日も夕方思い出したように、えさを探しに鳩がうろうろしていましたが。せめて新しい水をいれてやろうとしかけて思いとどまりました。溜まり水にぼうふらがわくので、流水状態になるまでと最近皿（4月に死んだ飼い犬のえさ皿と水皿）をふせているのです。

こちら（老母もふくめ）変わらず元気です。最近ナイロン刃の電動草かり機（姿形は例の大型カマキリをかかえるようなやつながら）を購入、暑いなかやっと、虎刈りながら終えました。鋼の丸刃は重いし危ないしでナイロン刃にしたもので、こんなので切れるのかと思うようなナイロン製のひものような刃がたった二本、そり残しのひげのように伸びているのですが、一応役立つものの、石やレンガにあたるとすぐ切れてなくなり、交換（三度も！）に時間をくいました。おかげで扱いに慣れました。

そちらの忙しさを考えると、のんびりした報告、申し訳ないような。むち打ち症（？）、ぎっくり腰にご用心。とりいそぎお礼かたがた。ではまた。

東　宏治

（＊）（後日注）わたしは「鳥たちの楽園」と称して、庭先に、野鳥たちのための「エサ皿」と「水飲み皿」を、趣味で陶芸をする中田君に依頼してあった。出来上った皿と、わたしがつくった設置台は、本書メール60を参照ください。

件名　色々な質問に笑えます
宛先　パスカルくん
日付　2013年8月1日

色々な質問に笑えます

パスカルくん

佐村河内の京都公演の情報ありがとう。まったく知りませんでした。チケットが手に入るか調べてみます。

前便に返事を送ろうとしつつ、じつはまだ「ショウジョウバエ」が読めてないので、ずるずる伸びました。視力のせいで、あんな短いものでもすぐには読めないのです。

●ぼくのムーミンの本は、ほとんどヤンソン作品からの引用で成り立っており（そこに値打ちがあるとネットで書いてあるのを偶然見つけ、悪い気がしませんでした）[*]、ヤンソンダイジェスト版（それこそ君の気に入らないことかもしれないけれど）のつもりで読んでもらえればと思うのですが。前もって、とくに初期の作品から読んでゆくと大変だと思います。ヤンソンは多分途中から（5冊目の「ムーミン谷の冬」あたりから、大人向けとは言わないまでも、それまでの子ども向けという気持ちがうすらいできた気がします。⑥「仲間たち」／⑦「パパ海へゆく」／⑧「11月」といった後半四冊あたりから読んでは？と勧めたいです。あとヤンソンはムーミンをやめ、大人向けの小説しか書かなくなっています。ムーミンシリーズは子どもが読むにはちょっとむずかしく（⑤〜⑧）、大人が読むにはちょっと子ども向け（①〜④）といったところがあって、ほんとうは読者が、評判のわりに多くない（多いのはアニメファンがいるからそう見える）と思います。ちなみにヤンソンはもちろん画家でもあり、画才も文才もすばらしいけれど、ぼくの意見では、文才が勝っている。その才能が子ども向けの本からはみだしていいっていってしまった風に思えます。「彫刻家の娘」や「ソフィアの夏」などすごい散文です。

●地中海を望む海辺の「墓地」には、ヴァレリー家の先祖代々の墓があります（ヴァレリーもそこに葬られています）が、ぼくはフランス滞在中にも、ついに出かけていません。スイスの、スタンパという村へはわざわざジャコメッティの墓参りにでかけましたが。どちらも敬愛の念は同じように強いですが、ヴァレリーには伝記的な興味をもつ必要を感じなかったのです。

●ルーブルだけでなく、むこうの美術館では写真（フラッシュは禁じられるかも。観る人たちの邪魔をすることになるので）だけでなく、画学生がイーゼルを立てて油絵の具で模写することも当然ＯＫ、です。日本では最近かなり変わってきた点もありますが、大てい触るな、この線より前に近づくな（監視員がすっ飛んできますね）等うるさい。基本的なところで、はき違えている気がします。コンサートや映画館でも、始まるまえに、携帯、アラームを切れなど、聴衆が全く信頼されていません。しかも、休憩が終わり、後半が始まる前にまた同じ注意をやります。たまたまフランス人の演奏会にフランス人たちの客が多いときに居合わせて、後半でがまんができなくなって、さすがに険悪な空気が流れたのを目撃しました。ぼくのほうがあやうく声を出しそうでした。

●プールの話、関西ではさすがに休憩をとらせたりはしませんが（一般的に言って、関西は関東に比べ、無法地帯です。よく言えば自由の地）、レーンの右側通行（正確には遊泳）に決めています。狭いプールなので、これはぼくも必要に思います。潜水しても叱られなかった。（という以上、ぼくもときどき試みたということですが。）もっともぼくは潜水が得意で、町中のある二五メートルもないプールで、一気に前もよく見ないで、まさかそんなに早く着くと思わず、もぐったら、三かき目をしたとたん、いきなり向こう岸の壁に頭を思いっきりぶつけて星がでそうでした。ごつんという音が上というか外にも聞こえたそうで、大丈夫ですかと二、三人のひとが寄ってきました。

●たしかに東電の現場の人たちには（村上君のことがなくても）大変だと思います。朝日新聞の「プロメテウスの罠」を読んでいると、最近連載分では事故後原発から逃げていた職員さんたちが連れ戻されたり、自発的に戻ったりの、当時の報道では知りえなかった事情がわかってき、また直後の菅さんたちの事情も分り、だいぶ考えさせられました。できるかぎりいろいろな情報を知るようにしないと、簡単にものは言えないし、考えられない。

●（ところで「本日休診」に鶴田浩二もでていたっけ?!　と驚き。関係ないが、現在井伏鱒二の『黒い雨』を読んで、いや聴いています。）

ではまた。

東　宏治

（＊）ぼくの引用は、すでにその作品を読んでいた人も、「えっ。あの本にそんな文章あったかな」と驚くものばかりです、と言ったら厚かましいかもしれないけれど、ひそかな自負です。そうした引用をすることと、それへのぼくの短いかもしれないコメント。そこにぼくの批評の本質があると思っているのです。厚かましいついでに付言すると、引用する文章は、ぼく自身の考えでもあって、それを作者が見事に表現しているので、ぼくはあえて下手なパラフレーズをしないで、短くコメントをつけ加える。このやり方で、ぼくの本の読者は、ヤンソンの本の理解を深められるかもしれないし、同時にぼく自身の思考を知ることになる、それがぼくの方法です。でもたいていの読者は、引用の向こう側に、引用者の思考も隠れていることに気づかないですが。なぜ、そんな文章を筆者が引用しているのか、そもそもそんな箇所をどうやって「発見」したのか、そういういわば第二の読書、ヤンソンだけでなくヤンソン論を書いた筆者のことも読むことができれば、それが批評的な読書だと思います。ヤンソンだけでなく、ぼくの作家論はすべて引用（対象への敬意）とコメントでできているゆえんです。

●人生の友たちへのメ～ル No 36

ロペスのインタビュー

件名　ロペスのインタビュー
宛先　さっちゃん
日付　2013年8月5日

さっちゃん

ロペスのインタビューの件、ご教示ありがとうございます。長崎県立美術館で検索したところ、「インタビューが見られます」という項目が見つけられなくて……。美術館のホームページにしてはえらく地味だったので、見落とさないと思うのですが……。日を改めて検索し直してみます。

ところが見られないだろうと思っていたYouTubeが、なぜか「ロペス、磯江毅を語る」という短いインタビューだけはダウンロードできました。でも「ロペスインタビュー」とか「ロペス展に行ってきました」といった項目はやはり見られないのです。パソコンに詳しい人は、ぼくのパソコンのこんな不思議を笑うのですが。

とりあえずご報告。こちら☀／☁／☂の奇妙な繰り返しの一日が数日続いています。戻り梅雨と盛夏のハイブリッドですね。比較的涼しいですが。

東　宏治

榮久庵憲司など

件名	榮久庵憲司など
宛先	さっちゃん
日付	2013年8月24日

さっちゃん

メールありがとうございました。相変わらずの美術館巡りですね。

榮久庵憲司は名前を聞いていましたが、詳しい仕事は知りません。でも実用と美を考えた作品を見るのは新鮮で刺激的だろうなと推察しました。ニューヨークに有名なインダストリアルデザインの美術館があるそうですが、北欧にもたくさんありました。日本にもきっとありそうですが、もしご存知でしたら教えてください。

先日TVでみた目黒区立美術館の「PAPER」という紙を素材にした展覧会も面白そうです。「TOKYO美術館2013〜2014」というMOOKをたまたま見つけました。東京にはほんとうにたくさんの美術館がありますね。

ここ二、三日、多少涼しくなったかなと思うと、大雨と雷など。
日本って災害の絶えることがない国です。
どうぞお大事に。

東　宏治

「レベルの整理」

寅彦さま
メールをありがとう。なるべく本題のみにしぼるつもりですが……。
●君がぼくの「レベルの整理」を読んで、論理の問題としてカテゴリー錯誤を犯している　と言うのは、大きくまとめると、多分つぎの二点にあるだろうと思う。
（1）前半で書いた認識の三つのレベルとして、（A）五感、とくに肉眼で認識できるレベルと、（B）顕微鏡や望遠鏡が発明されて広がった認識のレベルと（C）コンピューターが考案されて、それを利用することで拡大された認識のレベルのうち、（A）（B）と（C）とを同じ「レベル」（カテゴリー／範疇／階層、どれで言い換えてもいいが）という名前の同じ「まな板」の上にのせて論じるところに錯誤があるということ。

件名　「レベルの整理」
宛先　寅彦さま
日付　2013年9月2日

（2）後半では、前半で使った「レベル」の定義から逸脱し、あるいは広げ過ぎていて、これも論理的錯誤でないかということ。

●まずコンピューターは、もちろん肉眼や顕微鏡・望遠鏡のような見るための器官でも道具でもないけれど、さらに進化した顕微鏡・望遠鏡（たとえば電子顕微鏡とか、地球上の複数の天文台望遠鏡を連携させて巨大な望遠鏡とする試みなど）が得る「データを処理することによって、二〇世紀前半までに肉眼やその延長である顕微鏡・望遠鏡で見ることができていた大きさや距離の単位を遥かにこえる世界を、目に見えるようにした。そういう意味で、ぼくは同じレベルということばで、（A）（B）（C）三つの認識のレベルを論じたわけです。

ぼくの書き方では、コンピューターを素朴に顕微鏡・望遠鏡レベルの道具のように扱っていると受け取られないように配慮したつもりだけれど、そちらの具体的な知識がないので、説明にいわば飛躍があったと思う。現場を知る科学者は、飛躍があっても理解できるので大目に見てくれるだろうと、正直甘えていました。そこで君に厳しく咎められたわけてす。

●でも、（ここから（2）の説明になりますが、）そもそもぼくが「レベルの整理」と題して書き始めたのは、本の冒頭でも述べた実体験（学際的な異分野の研究者たちが、「ロボット」という一語が発せられたとたん、これまでの一方向的だった発表が、がぜん双方向的な討論に変わった経験）がきっかけだった。それは一見学際的な活発な議論に思われたけれど、発言者たちは同じ「ロボット」という語を用いながら、イメージとして、ある人は鉄腕アトムや鉄人28号やアイボを、またある人は工場で生産ラインを人間に代わって担うロボット機械を、また別な人は、人間の動作や思考のメカニズムを解明するためのモデルとしてのロボットを、それぞれの意見・考えの発想源にしているのに、使うロボットという語の意味や定義を確定せず、自覚もなくしゃべっているだけの「談論風発」に終わったわけです。議論の交通整理をするのもむずかしかった。

ここでたまたま上げた三種のロボットは、レベルが（あるいは範疇が）違うのだから、ひとと議論するにしても、自分の中で思考するにしても、レベルの整理をする必要がある、というのが、ぼくの趣旨だった。そこでぼくなりに、いろいろなレベルの整理を例示してみせたのです。肉眼と顕微鏡・望遠鏡とコンピューターをまずあげたのは、それぞれが対象とする大きさ（あるいは小ささ）の世界が理解しやすいので、レベルという語が、道徳的、審美的な意味合いで受けとられずにすむ、と考えたのです。

長くなっただけで文章が読みづらくなったかも。今日はここらあたりで。

東　宏治

「自由意志論」

件名　「自由意志論」
宛先　寅彦さま
日付　2013年9月16日

寅彦さま

●なるほど、返事のなかったのは納得。ただ何の反応も反論もないことはないぜ、と思うけど。

●「自由意志」の件で答えなかったのは、「自由意志」ということばでぼくが思い浮かべるのは、中世のキリスト教の「自由意志」論争で、人工知能や脳科学でどういう意味で使っているか、君と直接会うような折に、「定義」を確認してからと考えたからです。

多分キリスト教の「自由意志」論争と、実は同根のものかもしれないと、本当は思っているけどね。

今は忙しそうなので、一段落着いたら会いますか？

東　宏治

宮崎駿「風立ちぬ」／ダワー『敗北を抱きしめて』

件名　宮崎駿「風立ちぬ」／ダワー
　　　『敗北を抱きしめて』
宛先　パスカルくん
日付　2013年9月21日

パスカルくん

●昨日、宮崎駿「風立ちぬ」を観てきました。直後の感想は、うーん、正直何かもの足らんといったところです。アニメの絵がきれいからいいじゃないかとも思いますが。宮崎駿が裸の王様になってないかと言うと言い過ぎですか？

●ダワーの『敗北を……』は本当によく調べていると感服します。昭和天皇の、たとえば戦争責任について、自分が情緒的に曖昧にしていたことがよくわかりました。

●「奥の細道」ツアーに途中参加ができるのなら、最終回（岐阜？）あたりに参加してみようかなと思います。もし次回（次年度）開催されるのなら、江戸出立から参加すればつながるし。

東　宏治

件名	妹尾河童『少年Ｈ』／ダワー
宛先	パスカルくん
日付	2013年9月24日

妹尾河童『少年Ｈ』／ダワー

パスカルくん

●「風立ちぬ」はたしかにセンチメンタルな部分（センチメンタルという表現はぼくがしたもの）ですが。恋愛もそうだし、「一機も戻らなかった……」なんて言うところも気に入らない理由のひとつです。ぼくは堀越二郎というモデルがあるとは全く知りませんでした（イタリアの設計家が夢に出てくる理由もその関係ですか？）。堀越は堀辰雄にかこつけた名前だろうくらいに考えていました。君の言うように、菜穂子など絡ませず（ぼくに言わせれば、そもそもなぜ「風立ちぬ」で、堀辰雄で、ヴァレリーで、Le vent se lève. Il faut tenter de vivre なのか！）、工学者の設計話をがんばって深化すれば、思いがけないものを作り出せたかも。（それは何か？と聞かれても、ぼくにはわかりませんが、それを考えるのが宮崎の宮崎たるゆえんでしょうが。）

映画で、堀越が描く図面とペン先のアップがでてきたとき、ぼくはアニメを描く宮崎自身を投影させている風に見ていましたが、モデル自身の逸話の紹介のつもりだったかと記憶を修正しました。ただ直線も引いていただろうが、影付けのように斜線を何本か引いていた方が印象に残っています。

●ところで映画「少年H」にも出てくる女の子は妹だけです。進学した神戸の旧制中学も男子ばかりです。ちなみに、小磯良平がでた学校らしい。本にもでてきたでしょうが。

●ダワーの『敗北を……』の上巻にもアメリカ人の日本人観（黄色い／野蛮な／猿／獣など）が嫌になるくらい紹介されていますね。「鬼畜」などとこちらも言っていたのに、慣れてしまって、そんなにひどい表現と感じられないのは、ひどい話です。でもぼくは読みながらすぐ、当時たしか将校で通訳官、翻訳官だったキーンさんのことを思い浮かべました。キーンさんの場合は、人柄というか感受性と若い頃の勉学のちからでしょうね。一般論に各論を出しても仕方ないですが。

ここまで書いて、山田太一情報をもらいました。ありがとう。「今朝の秋」のＢＳでの再放送は気がつきませんでしたが、Video（ＶＨＳ）をもっています。ＤＶＤならＰＣでも見られ便利でついあまえそうですが、遠慮しておきます。ありがとう。倍賞美津子以外あの世の人なので思い出しましたが、最近何かのドラマで彼女がでていたのに、最後まで識別できませんでした。あとからあれ誰かと。すっかり丸顔になって小柄に見え（アントニオ猪木の奥さんだったという連想が邪魔します）驚きました。八千草や吉永のようにあまり変わらない人もいますが。

というわけで今日はここまでにして送ります。（書き忘れがありそうですが。）

東　宏治

●人生の友たちへのメ～ル　No 42

リベット『マインド・タイム』

件名　リベット『マインド・タイム』
宛先　寅彦さま
日付　2013 年 10 月 19 日

寅彦さま

メールをありがとう。『マインド・タイム』は、なんとサピエ図書館にすでにCD化(*)されているのがわかり、借出すことにしたよ（詳しい説明は省略するけれど、音読資料に、ネットから直にダウンロードできるものと、CDを視覚障害者センターから郵送してもらわねばならないものとがあり、この本は後者。送られたCDをコピーして、前もってVoice of Daisyというアプリをインストールした iPad で聴くことができます。ひと手間がかかるものの、すべて無料。日本国も障害者に手厚いサービスをしてくれていることがよくわかりました。）紙の本自体も注文しました。拡大コピーしたものを目で見ながら聴くと多少ましだろうと思う。

「マインド・タイム」という表題は、まさにぼくが言う「内的動体視力」によって直感した「連想の速度」と呼応するような気がするよ。

英語論文もありがとう。
明日は朝が早いので、とりあえずはお礼のみ。

東　宏治

（＊）正確にはDAISY（デイジー）編集されたCD。DAISYというのは、Digital Accessible Information Systemの略号で、国際規格。本書のメール28参照。

盛岡のロペス展／盛岡人・愛媛人

件名　盛岡のロペス展／盛岡人・愛媛人
宛先　さっちゃん
日付　2013年10月24日

さっちゃん
きのう18時に京都駅に着き、そのまま夕食して帰宅しました。郵便物や新聞がたまっており、いつもながらうんざりします。
20日に家をでたのが7時だったので、貴重な情報は活かせず残念。盛岡に着いてチェックインしてすぐ、14時にはタクシーで美術館へ向いました。やはり雨だったので。ロペスは前にも書いた予想通りで、発言はよくわかるが、作品そのものは簡単にはいかないですね。でもじっくり充実を感じつつ観ました。翌日も来たいと思いましたが、あいにく月曜日で休館です。りっぱなカタログと、ロペス自身の本を買って帰りました。
その「翌日」ですが、幸い晴れたので、遠野は敬遠して、小岩井農場まきば園へバスで出かけたのです。でもこんなに観光地化しているとは。入口からぐるっと徒歩で円をえがくようにめぐっただけで、羊も牛も馬もいない！（さっちゃんはどこでスケッチしたというのだ？　こんなに人がたくさんいるというのに。）しかも食べ物屋さん土産物屋さんばかり、資料館などはまったくおざなり！と腹をたて、はやばや11時40分のバスで盛岡駅まで帰るつもりが乗り遅れ、仕方なくわけを話して再入場、大きいレストランで早い昼食（「欧風カレー」）。ここで12時40分まで過ごしたのですが、おかげでレストランのひとのサービスにふれ、感心。徐々に盛岡人の気質に注意と関心が向くようになりました。最初は当たりがそっけないようで、一皮むくと親切で人柄がよく何よりスレていないです（四国で言うと、一番都会なのに人がいいのが松山人）。すっかり盛岡贔屓になりました。（この日の経験だけじゃなく。）

ついでながらホテル・メトロポリタンの４Ｆの中華レストラン、二日目の夜に期待しないで（朝食がよくないので）夕食をとったら、美味で驚きました。試されましたか？

ところで持参したiPadでやっとメール拝見したのが22日のつ、な、ぎ温泉でした。「羊がいるあたり」なんてまったく気がつきませんでした。どう行けばよかったんですか？

つなぎ温泉ですが、ダム湖なので新しい観光温泉かと思っていたら、九〇〇年の歴史があると知り、これもびっくりしました。湖は数日前の雨や土砂くずれとかで濁っていましたが（ホテルのひとはいつもは本当にきれいな水なんですがと残念がっていたけれど）ぼくはかえってこの濁った色が絵になると思いました。スケッチする場所と時間がなかったです。部屋もよく、温泉そのもの（湯質と温度）もよかったですが、夕食はいまいち。逆に朝食はOKでした。（メトロと逆です。）

宿のチェックマンみたいなこと書きました。とりあえずは取り急ぎお礼とご報告。

東　宏治

Savignac／ロペス／ジャコメッティ

件名　Savignac／ロペス／ジャコメッティ
宛先　宇崎哲也様
日付　2013年11月1日

宇崎哲也様
Savignac（だったっけ）のポスター展の案内ハガキをもらったのに、けっきょく出不精してしまいました。ぼくは知らない画家ですが、どういうところが宇崎君の気に入ったのですか？　以前にも案内もらったような気もしてきました。

ぼくは先週、（出無精と言いつつ）盛岡まで「アントニオ・ロペス展」を観に出かけました。8月に長崎でやっていたものの、天候（たしか台風と暑さ）のせいで結局行きそびれたので。「日曜美術館」で知って、その発言がよくわかり（作風は違うものの、ジャコメッティと似たような現実再現に方法的な意識をもったひとだと思い）関心をもったのです。かなり以前「マルメロの木」というこの画家の制作過程を撮った映画を観ていたのに、そのときは気づかず、その後すっかり忘れていました。（いつのころからか、映画を見ながら最初の5分か10分で中に入り込めないとすぐ寝てしまうようになっています。「シックス・センス」という映画は、はっと気づくと最後のスタッフの名前を連ねるエンディングのところでした。2時間くらい熟睡していたのでは？ コンサートでも面白くないと、音は耳に聞こえているのに、脳は気持ちよくうつらうつらしています。曲や演奏がよくなると、不思議に目が覚めます。笑）ついでに話せば、ある版画専門の画廊で、作者やその友人たち数人と喋っていて、眼があけていられないほど眠気を感じながら、耳では全部聞いていたことがあり、30分ほど経って急に覚醒したとき、まわりの人たちに寝ていたと言われたけれど、話の内容をほとんど全部覚えていて驚かせたこともありました。

ロペスを「日曜美術館」で知ったとき、ぼくには彼の言う「発言」の内容はよくわかるが、作品自体は見てもその思考ほどにはわからないだろうと感じた通り、実際に見ていてとても時間が足りないと思い、一日では無理だなと、多少あきらめ気味で、立派な展覧会カタログとロペス自身の本を買って帰りました。

ただ会場でレリーフ作品を見て（ロペスは、油とデッサンと彫刻とレリーフを同じ重さの表現法と考えており、この点もジャコメッティと似ています）、おかげでジャコメッティのレリーフ作品の意味もよくわかった気がしたのは大収穫でした。ジャコメッティ以上にその作る意図が了解できた思いです。もっともジャコメッティのレリーフ作品を現物では見ていなかったこともあるだろうけれど。……

長くなりそうなので、このへんで。最近どうしていますか？　またしゃべる機会をもちたいものです。

東　宏治

「ほんまもん」

件名　「ほんまもん」
宛先　おはるさま
日付　2013年11月4日

おはる様

相変わらずの多忙ぶり。しかも趣味も続けているとのこと、まさに本領発揮ですね。おはるさんは本物だなと思います。大げさでなく。ぼくには大学時代だけでなく、子どものころからの友人がたくさんいますが、ここまで齢をとっても、若い頃しゃべっていたことや生き方を変えていない友人が幸い何人もいて、みなホンモノだなあと感じ、そんな友人をもっていることを、ありがたいと思います。だからこそ、ずっと友人でいられるのでしょうけどね。

お友達のえっちゃんは、いま言ったこととニュアンスは違いますが、子どものころに庭先で見た「小人（こびと）」をいまだに忘れていないという話を聞いて、あ、このひともホンモノだなと思いました。おはるさんはこれとも意味合いが違いますが筋金いりです（性格も思考も生き方も）。ぼくの本を全部読んでくれたと聞き、だからそう言うのではなく（その種の個人的なナルシスト的な気持ちではなく）、それを当人のぼくに言うでもなく、忙しい最中に、あんな特殊なものを、しかも最後まで読んでくれたことに驚きました。ぼくの本を全部（最後まで）読んでくれたひとはたぶん初めてです。これはえっちゃんから聞いた話ですが、東さんの本はむずかしいと言ったら、おはるさんが、わたしは内容を理解できるかできないかというより、この文章を東さんが書いていると考えて読むと答えたそうですね、読書ってそういう読み方（作者のことを、比喩的な意味で「顔」を、思い浮かべて読む）が本当の読み方だとぼくもいつも思っているので、やはりおはるさんはよくわかっているひとだなと納得しました。（ぼくの受け止めかたがまちがっているかもしれませんが。）

旅行のことですが、えっちゃんの言った通り、じつは10月初めに北海道へ行きました。さらに下旬に盛岡へもでかけたのです。どちらも温泉が含まれており、すっかり旅心がつき、すぐにもまた出かけたくなっています。ちょうどひさしぶりに映画を一本見ると、はしごしたくなるように。紅葉はちょっと色づき始めたといったところで、多少もどかしい気分でした。ついでながら岩手の小岩井農場は明治時代に小野（義真／日本鉄道会社副社長）、岩崎

(弥之助/三菱社社長)、井上(勝/鉄道庁長官)の三人が共同で始めたとパンフレットにあるので、たぶん北海道よりこちらが古いのではと思いますが……。

忙しいだろうので返事は適当に。からだに気をつけてはげんでください。

東 宏治

件名	遅ればせながら、返信メール
宛先	おはるさん
日付	2013年11月30日

遅ればせながら、返信メール

おはる様

メールありがとうございました。こんなうれしいメールを頂いていたのに、気づかなかったなんて、申し訳ありません。「ふじむら」さんから電話をもらえて幸いでした。手作りちりめん山椒もうれしかったです。今年の紅葉の透明さのないのを残念がるおはるさんの繊細な感受性を踏みにじるような話題を上せて、きっと、多少は得ていたかもしれない「敬意」を自分の手でなくしたなと（そんなもん、もともと無い、無い、という声も聞こえますが……）後悔します。

たとえ外に出さなくても、おはるさんのいつも張りつめたような生き方をメールでも、実生活でも感じますが、これがおはるさんの芯であり魅力であることを、今日あらためて痛感しました。ぼくは意外にも照れ屋なので、素直に外に出せませんが。

京都の紅葉は、昔オランダからやって来たリコーダー・アンサンブルのコンサートがあった神護寺のが忘れられなくて（ぼくはすっきりと花やかな紅葉に出会うと、ここで死んでもいいなと思います。神護寺のはちと重いかな）、毎年出かけたく思うのですが、車をやめてからは、やはり遠くて果たせません。旅といえば、12月の中旬あたりに旅行しようかな（鞆の浦の予定。正確にはその近辺の港町）と考えています。2月には、人も少ないだろう湯布院に（冬の湯布院はいいですよ）とも。

おはるさんの眼のことは初耳で、おどろきました。（たとえ聞いていたとしても）旺盛な読書に想像できませんでした。無理されないようにね。

とりとめもなくなりました。

ではまた。

東　宏治

写生は一期一会

件名　写生は一期一会
宛先　おはるさん
日付　2013年12月5日

おはる様
メールありがとうございます。ぼくは毎朝、寝乱れた頭髪を元に戻すため、お湯にひたしたタオルで頭をこすることから始まって、いつしか朝シャンならぬ石けんでごしごしやってシャワーを浴びるようになり、下宿していた学生時代に銭湯へ午後3時（始業時間。ひとはいないし、お湯はきれいですよ）に行くことから、やがて夕方食事前に入浴するようになり、数十年もつづく習慣になっています。冬も変わらないので、おかげで風邪もひきません。

娘さん夫婦のことがすこしずつわかってきました。おはるさんのお家はインテリ一家ですね。

ちりめん山椒、本当においしいと思いました。じつは徳島の小学校時代からの友人夫婦に、おみやげは本人たちの希望で麩まんじゅうとちりめん山椒ですが、老舗のちりめん山椒よりおいしい。おせじでなく、たぶん家庭の手作りの勝利です。

車を運転していた頃、たとえば白浜へ行くと、勝浦、伊勢・志摩へと足を伸ばすのですが、その際、極力眺めのいい海辺を走りたくて、地図で最も海寄りの道を選び、「国道（三ケタ）号」を行こうとしたのですが、まず入り口が見つからず、茶店で教わって、通り過ぎた道を引き返して藪道へ入ると、右は海の見える断崖、左はすぐ山肌の、地元のひとしか利用しない細い道。対向車が来ると困るような古い国道を（実際困りました。でもこちらは山側なので心理的に多少余裕、幅の少し広いところまで移動したり／してもらったりで、何とか……。）長時間、後悔しながら強気の道中をやったりしました。でも、国道三ケタ台は要注意ですね。

そんなわけで、ぼくにとっても、風景と写生は大切です。富士山麓に住む尊敬する友人が、スケッチなんかしなくても、写真を撮ればいいじゃないかと、俳句をやる彼としては不用意な発言をしたことがあるけれど、いま見えている風景を写生するのは（俳句と同じで）一期一会、今のこの時間に見えている様を定着しなくてはね。おはるさんの絵の先生もそう考えてられると思います。ついでながら、ぼくの『タブラ・ラサ』や『思考の航海日誌』の表紙も、中の絵も、ぼくのスケッチです。びわ湖やバルト海、右で言った白浜、勝浦、伊勢志摩なども入っています。（以前のムーミン書はヤンソンさん自身の絵、分厚い『思考の手帖』は教え子（絵本作家になっています）の表紙画です。）

神護寺も湯布院もお好きだと知ってうれしいです。ぼくも湯布院へ初めて行ったのは三〇年も前です。かくれ里って、こういうのだなと思いました。熊本は中学時代の修学旅行で雨の水前寺公園くらいしか知りません。長崎にも関心があるので、熊本へもいずれ行きたく思います（玉名温泉も記憶しておきます）。

ではまた。

東　宏治

プリンター／佐村河内守／司馬遼太郎

件名　プリンター／佐村河内守／司馬遼太郎
宛先　パスカルくん
日付　2013年12月28日

パスカルくん
お昼には、年末の忙しいなか、電話して失礼しました。あのあと、早速Canon 850iというプリンターのジョブページを探したところ、君に言われた通りクリックしたら開き、四つか五つ溜まっていたプリントジョブを順番に全部削除し、新たにプリント命令を出したら、あっさりと目指す画像を印刷しました。LP 1400 (Epson) では困ったときにやっている操作なんですが、Canonでは見つけられなくて。結果からいえば、プリセットはどちらでも良かった気がします。ともあれ便秘が治ったような気分（失礼）。感謝します。今日はこれから宛名書き。明日朝も使うかも。でもそのあとは、録画してある「風の谷のナウシカ」を見ます（初見）。

先日の佐村河内は、指揮者があえて肩のちからを抜こうとしたのかも（抜きすぎの印象）。拍手はしばし鳴り止まぬといった感じでしたが、ぼくはちょっと白けていて。最近どうも素直に感動することが少なくなりました。

とりあえずはとりいそぎお礼と報告。iPad は司馬遼太郎の「アメリカ素描」を聴きました。司馬は「街道をゆく」などエッセイのほうが小説より面白いです。

東　宏治

グラの人種差別？

件名　グラの人種差別？
宛先　さっちゃん
日付　2014年1月18日

さっちゃん
（1／12に書いたメール）無事帰宅されたことと思います。今日も連休とは気がつきませんでした。「ウサギ」でのいろいろあった話題のなかに、たまたま……ペットや人種差別があったので、これにまつわる（三題話ならぬ二題話です）ささやかな経験（見聞）を忘れぬうちに書きます。いつものおしゃべりのひとつと思って聞いてください。ローレンツや日高敏隆さんの本にはでてこなかったはずです。

でも注意深く、誤解を招かないようにお話しなければと思います。

（ここから今日1／17の分）

ぼくの飼い犬の四代目グラ（これも賢い犬でしたが）と散歩していたとき、黒人の子どもたちの姿を初めて見たグラが（ぼくの住む比叡平には外国人の住人も多く、近所にアフリカ人／アメリカ人？／夫婦が五、六人の子どもたちと住んでいたのです。子どもたちの歳格好が近かったので、養子をたくさん育てているのかなと勝手に想像していました）ぎょっとしたような顔つきになり（擬人法的な表現をしているのではなく、本当にそうとしか言いようのない表情でした）、近づくにつれ、困ったような、でも進まなければならないので、からだを小さくというより細くして通りすぎようとする風でした。ぼくは内心グラがその後どう振る舞うのか興味津津で、一緒に、一歩遅れて、歩き続けたのです。ところが子どもたちの方が先に見つけて、「わあ、かわいい!!」と言って（と思います）、駆け寄ってグラをとり囲んでなでたりする。とたん、グラはほっとした表情になり、これまで団地の子どもたちに可愛がられるときと同じように、すっかり緊張をといています（この犬は赤ちゃんが寄ってきてもおだやかでおちついており、ぼくはまったく心配しませんでした）。その後は出会っても自然に自分から近づいていきます。

ぼくはこのとき、ああ人種差別というのは元来動物界（人間もその一員）に自然にあるもので（たまたま生まれる白い仔ライオンが、仲間の仔ライオンたちからいじめられることがあるように）、それが差別の起原で根深いものとも、単純なものとも言えるけれど、それを克服するのはやはり教育しかない（外から行う教育と、自分で自分に行う教育）と痛感しました。グラは当然、公教育でなく、経験によって、自己教育したわけです。しかもあのほんの数秒間で。ぼくがうちの犬は賢いというのは、親ばかからではなく、日常のこの種の観察から言っているのです。（ぼくはペットにも子供にも学生にも、教育にほとんど手出しをしませんからね。）

ほんの数行で済む結論を、ながながとおしゃべりしましたね。ではまた。

東　宏治

SE30／コンポステラ／高橋たか子『土地の力』／朝型夜型

件名　SE30／コンポステラ／高橋たか子『土地の力』／朝型夜型
宛先　木佐木くん
日付　2014年2月6日

木佐木くん
早速の返信をありがとう。朝型のほうが絶対身体にいいですよ。ぼくはどうしても、結局は夜型に戻ってしまいます。昨夜は12時前に寝て今朝4時に目がさめたので、そのまま仕事と雑用をしたら、ずいぶんいい気分です。このまま朝型に移行できるといいのですが、きっと今度も習慣にはならないのではと思います。

木佐木くんはずいぶんひろく旅行していますね。ぼくもしたつもりながら、結局南仏、イタリア、スイスあたりをぐるぐるまわっているだけで、スキーを二年間のフランス滞在中に合計まるまる一と月やったというのが、自分を文化的でなくしたようです。

君が「ES30」と書いてあるのを見て、すぐMACのSE30のことだとわかり、思わずにやりとしたよ。ぼくはお医者さんのまえで逆に「SE細胞」と言って笑われたからです。それにしてもSE30とは懐かしい。ぼくもあれから始め、あまりに愛用したので、いまだに捨てられず保管しています（ほかのアップルは次々と上級機種に買い替え捨てていったけれど）。電源を入れればきっといまも健気に働くはずです。ただ君のほうがはるかに理系だと感心するのは、漢字トークだったか、アップルスクリプトだったか、簡易プログラムを活用開発していたことで、ぼくはきっとやればはまるぞと思いつつ、手をつける暇もというか、心のたぶん余裕がなかったたです。ぼくはFileMakerというソフトを使って、文献データ（ジャコメッティなど）だけでなく、独自のレイアウトで、日記やメモ、日めくりカレンダーなど、自分専用のデータベースを作っていたもので。

コンポステラへの巡礼の道について、君はすでにいくつか土地を辿って、実際に知っているそうで、これも感心しました。情報を集めてみます。以前、高橋たか子の『土地の力』という本を読んで、彼女の「巡礼」は尋常でないと思い、真似する気はありませんが、気持ちはわかる気がしています。ぼくはキリスト教者ではないけれど、いまだに仏教に関心が向かわず、八十八ヶ所よりこちらの巡礼が、身の丈に合うかなというところです。

ではまた。上杉さんにはひさしぶりでメールしてみます。

東　宏治

大雪／木佐木くんの窮状

件名　大雪／木佐木くんの窮状
宛先　上杉省和様
日付　2014年2月17日

上杉省和さま
早速のメールありがとうございます。ぼくも視力の弱りのせいで、外から見ると、きっと認知症と思われるのでは、と感じます（そうでなくても始まっているでしょうけれど）。定年後計画していた仕事が進みません、まるで悪夢の中で、頭も手足も麻痺して動かないみたく。
木佐木くんの大雪による「窮状」はぼくもメールで知らされました。でもきっと彼のことだから、その窮状を逆手に取って、あふれるほどに句を産みだしているだろうと思います。
ちょうどこんなメールを送ったばかりだったので、大した個人情報ではありませんので、以下にかかげます。よろしければお読みください。

東　宏治

＊＊＊＊＊

木佐木くん

笑うに笑えない事態ですね。お宅からの林間の道路や坂道を思い浮かべました。家屋自体はベランダの高さの分、地面から上がっているわけだから、リビングのフランス窓（床からのサッシ戸）が積雪で開けられないということはないと思いますが。以前こんな全国規模の大雪の年に、わが家でも、庭に積もった雪が50㎝ほど直接フランス窓に迫り（これは結構長く溶けず根雪のようになりました）、リビングから出られなくなったことがあります。玄関は道路から高いのですが、階段の踊り場（庭と同じレベル）に積もった雪で玄関ドアも同じように開けられませんでした（ドアがずっと開かないせいか、玄関脇のヒバの枝に、あとで図鑑で調べたところ、信州が生息南限とされるクロジという雀よりも小ぶりの鳥が、巣をつくって抱卵していました。これもあとで判明したことですが[＊]）。スケールは違うとはいえ、雪国の人たちの大変さを想像しました。車で案内してもらったあの富士山麓周辺の情景を想像しています。でも木佐木くんのことだから、驚き、心配しつつも、たくさんの句を矢継ぎ早に産みだしていることと、これは確信していますよ。

悠長なこと言ってられない状況に、冗漫で長くなりました。申し訳ないです。そんな必要はないと思いますが、何か役にたつことがあれば、いつでもメールか電話ください。

お気づきと思いますが、すっかり（あっという間に）夜型に戻りました。

東　宏治

（＊）鳥が巣をつくっているらしいことがわかったのは、リビングの玄関側の窓から、窓外の道路事情や風景をながめていて、ふとヒバの茂った葉のあいだから、なにか紐のようなものが垂れており、双眼鏡で見たら、葉陰にかすかに鳥の姿が見えたからです。玄関ドアを開けないように心がけたのはそのせいが大きいですが。出入りは結局庭の雪かきをして作った通路で済ませたのです。（根雪になったのは通路以外の部分）、これも限界があり、大雪とはいえ、客や郵便屋さんがどうしても玄関から声をかけるので、ついにドアを開けざるをえず、驚いた鳥は飛び立ち、ついに抱卵をあきらめたようでした。その後も極力玄関ドアを利用しないようにしましたが、一度驚かされた鳥はもどってこないですね。（逆に珍鳥が安心して抱卵するくらい、玄関が開かなかったということですが。）いまでも玄関の下駄箱のうえに、そのクロジ（と思う）の小さな巣を記念に残してあります。二階軒下に毎年つくる雀の巣と並べて。ちなみに雀の巣は予想外に大きく、かつ精巧で、きじ鳩のぞんざいな巣とは大違い。

「奥の細道」ツアー申し込み／佐村河内守／『遠い崖』

件名　「奥の細道」ツアー申し込み
　　　／佐村河内守／『遠い崖』
宛先　パスカルくん
日付　2014年2月17日

パスカルくん
お変りないことと思います。先日クラブ・ツーリズムに「奥の細道」第一回分の代金を振込みました。参加するのは4月ではなく、3月29日のほうです。前日は姉のところ（江東区大島）に泊まるのが便利かなと思っています。（案内パンフレットの文字が小さくてまだよく読んでいませんが、集合が、行ったことはないけれど江戸博物館のようなので、近いのではと思います。近ぢか拡大コピーをして熟読するつもりです。参加者は高齢者も多いのではと予想していますが、そのわりに配慮がないなあと多少憤慨。）
もし君と会えるなら、翌日30日は可能ですか？
ミニ同窓会にするかどうかは君にお任せします。

●佐村河内の件は驚きましたね。ただあとになってから言うわけでなく、京都コンサートホールで年末にあった公演で、指揮者に呼ばれてあがった舞台で、鳴り止まない万雷の拍手のなか、フィギュアスケートの選手のような（ぼくにはそう見えた）お辞儀をする彼の姿を見て、違和感をもちました。いい作品を書くかもしれないけれど、人間的には大した人じゃないなという、ほんまモンじゃない（代作者がいるという意味ではなく）という直感です。無名有名に関係なく、本当の芸術家にいつも感じる謙虚さが感じられないのです。長い拍手を聞きながら、ぼくはすっかりしらけていました。報道があったとき、ぼくはけっこうひとを見る目があるかなと思いました。

●最近、萩原延壽の『遠い崖　アーネスト・サトウ日記抄』という長い評伝を聴き始めました。むかし（ぼくはまだ学生だった）朝日新聞に連載されていたもので、連載当初から萩原のイギリス風（ミステリーと伝記文学はなぜかアングロサクソンの得意分野と思います）のスタイルを感じて、連載後、刊行されると全巻購入していたものの、一巻目だけ読んだあと目が悪くなって、もう読めないかなとあきらめかけていたら、サピエ図書館にあるのがわかって、ダウンロードしたものです。ダワー並みの調査と研究で感服します。また幕末の外国人やサムライたちの知識や知力の広さ、深さに感心します。（こっちの知識と認識不足もありますが。）

君のほうは最近なにを読んでいますか？

東　宏治

フロイト的な夢、ユング的な夢

件名　フロイト的な夢、ユング的な夢
宛先　樋口至宏様
日付　2014年3月18日

樋口至宏様
先日はわざわざ電話をいただきありがとうございました。旅行（由布院／鞆の浦／尾道）から帰り、また月末に出かける予定の（芭蕉の）旅のこともあり、結構あわただしくしていて申し訳ありませんでした。今日（いや昨日。眠くてこのメール中断し、今朝再開したので）は確定申告をすませ、やっと面倒くさいものから解放された気分です。やることがてきぱきとはいかなくなりました。最近も夢はたくさん見るのですが、以前のようなユング風のものが姿を消し、フロイト的な、すぐ下地の見える楽しくも面白くもないものばかりで、自分がなにかに焦っている風なものばかり。自分からこう言うのは厚かましいですが、底がこんなに浅いことしか考えていないのだなあと、がっかりします（ほんとうに厚かましいですね）。新しい聴覚生活の話ばかりになるかもしれませんが、ぜひお会いしたいです。

ではまた。お手数ですがよろしく。

東　宏治

学生のレポートを評価するさい

件名　学生のレポートを評価するさい
宛先　宇崎哲也君
日付　2014年3月27日

宇崎君
メールと写真をありがとう。大石君にはきつかったのかと反省しました。たぶんジュリアン・グリーンの記憶が強かった分、リバウンドしたのかも。

与田君の場合は正直な人柄そのままの感想で、じっさい感心しました。学校の先生が素直な作文に心打たれ、思わずみんなの前でほめるみたいでしたね。思うにぼくが学生のレポートを評価するさいも、「知識の報告」よりも、本人の考えていることがらが率直に表れているものを重んじていました。

宇崎君からはいつも自分で咀嚼した知識を教わるので（近い例では、たにぐちまことのプログラミング。あれは本当に面白かった。）感謝しています。

ぼくは明日から「芭蕉の奥の細道を訪ねる旅」の初回「江戸深川界隈」に出かけます。関東に住むひとには「日帰り」ですが、こちらはそうもいかず、前日姉の家に泊まり、翌日深川めぐり、三日目に東京在住の中三クラスの友人たちと会食して、夜に帰洛、の予定です。

とりあえずはお礼かたがた。お元気で。

東　宏治

黒澤明／「黄色いカラス」／日本シナリオ作家全集

パスカルくん
メールと写真をありがとう。一昨日はお世話になりました。東京駅の人混みのなかで突っ立ったまま時間まちに付き合わせて申し訳なかったです。大阪止まりの〈のぞみ〉だったので、さして混むでもなく帰洛しました。
●二回目の芭蕉ツアーは、電話で4／24（木）の方を申し込みました。朝8：00に丸の内北口集合とあり、やはり前泊の必要があります。今度は駅近くのKKR竹橋にするかなと思案しています。ミニ同窓会はみなさんちょっと飽きてくるのではと心配。ただ映画鑑賞なら、ぼくはよろこんで参加します。面白い映画にうまく当たればいいですが。
●ぼくは小学生時代毎週一、二回、ひとりで映画館にでかけ、父親が

件名	黒澤明／「黄色いカラス」 ／日本シナリオ作家全集
宛先	パスカルくん
日付	2014年4月2日

店先で「うちの息子はどこにいったかな?」と雇っていた店員さんたちに訊くと、かならず「コーちゃんは映画に行くと言うてました」と笑いながら答えたくらい。ほとんど東映の錦之助や千代介、千恵蔵、柳太朗だったが、ときに五所平之助だったりした。「黄色いカラス」という久我美子、設楽幸嗣の児童心理学っぽい「問題作」も、よく覚えています。映画は娯楽という哲学を持っていたから、わざと黒澤明を避けたのは愚かだった。中一で日本シナリオ作家全集で黒澤明の「生きる」を読んで感動して、クロサワの凄さを知ったのに[*]、中学時代は西部劇ばかり見たのは、へそ曲がりというほかないです（ヒチコックも見たが。「雨に歌えば」などのミュージカルを同時代人として見られたのも幸運）。結局黒澤や小津をちゃんと見たのは大学だった。小津は父と子供時代に結構見ていたけれど、まだ無理だったろうが、クロサワを、芸術映画は見ないなどと粋がらずに見ていたら、それなりに理解できたろうにと想います。

とりとめもなくなりました。ではまた。

東　宏治

（＊）今思うと、シナリオ作家全集（どれも面白かった）をぼくは文学として読んで感動したので、へたに映画を見て失望するのを恐れた気がします。その証拠に、黒澤は現物を見てますます感心したけれど、例えば水木洋子の「また逢う日まで」を読み、岡田英次（＊＊）と久我美子の窓ガラス越しのキスシーンのスチール写真をよく覚えていて、後年リバイバル上映にあたり、勤務先の大学の親しかったドイツ語の同僚に、あの映画は素晴らしいよ、ぜひ見るべきだぞ、とあおって自分も見に出かけたら、あまりにセンチメンタルな映画だったとわかり（その同僚にはバツが悪くて、ひらあやまり）、やはり文学は文章のままで満足しなければと思ったこと。

（＊＊）岡田英次と言えば、学生時代に京都の丸善で見かけたことがあり、それでどってことないですが、やはり目元が鋭くて、たぶん、ぼくもその眼をついじっと睨んでいたので、なにやら睨み合いみたくなりました。印象は、舞台が丸善だったこともあり、ああやはりインテリやなあというものでした。

超・詳しい映画情報ありがとう

件名　超・詳しい映画情報ありがとう
宛先　パスカルくん
日付　2014年4月6日

パスカルくん
メール（超・詳しい映画情報）をありがとう。返事遅くなりました。その間いろいろ（というほどでもありませんが）あり、4／23、24を竹橋のKKRというホテルに予約しました。
もし君がよければ4／25（金）13：00からの
「日本橋」一九五七　大映　泉鏡花原作　市川崑監督（淡島千景、山本富士子、若尾文子、川口浩、柳永二郎、船越英二、浦辺粂子）を見たく思います。「旗本退屈男」（謎の幽霊船」というタイトルにはなぜかはっきりと記憶があり、しっかり見たということか）は、まあもういいかという感じです。市川崑作品は、なぜかいつも後味が悪く見終えるのですが、これは芸者もので未見。若尾文子、山本富士子、浦辺粂子の顔も見たく（パスカルくんはどうやら淡島千景のような年増好み？みたいですが、今ならぼくにも良さがわかるかも）、こちらを選択。

昼まえくらいに会って食事してからというのはどうですか？　ほかのメンバーももちろん歓迎です。帰りの新幹線は6時か7時くらいにしておいたほうが無難ですね。

●ぼくも三島雅夫が好きですが、あの笑顔でたまに悪役をやると逆に迫力ありましたね。一昨年晩秋の腕の怪我の退院後、山田太一の古い連続ドラマを二本たっぷり、ひとのいいお父さん役の彼を見ました。

「黄色いカラス」を見たのは、たしかに小学生だったので、それが君の情報によって小六だったのか（自分では五年時かなと思っていた）と判明しました。

評論社（たぶん）の日本シナリオ作家全集(*)を読んだのは中一で、たしか県立図書館でなくCIA跡の、木造の白いペンキ塗りの建物（市立図書館？）だった気がするのですが、ぼくの勘違いか。君と小学生、中学生時代に、お互いそうと知らずに、似た知的経歴をたどっても、どこか微妙に個性的偏差があるなと思います（笑）。

ではまた。

東　宏治

（＊）（後日注）正しくは理論社「日本シナリオ文学全集」（全12巻）

演奏の簡単な感想を……

件名　演奏の簡単な感想を……
宛先　山本 妙様
日付　2014年5月6日

山本　妙様
昨日は演奏を楽しませてもらいました。本格的なグループなんですね。山本さんの謙虚なものの言い方にだまされて、もっとアマチュアの集まりかと思っていましたから。（指揮者のプライドも感じました。）
ところで出演者のリストに、少年少女とあるのに、ぼくは目が悪いので、四声部の大人たちと前部の器楽奏者たちしか見えませんでした。どこにいたのやら。また４Ｈとか５Ｄというのは何ですか？　ぼくは無知なので教えてください。

演奏後の馬路さんの感想に付和雷同して、後半がよかったと言いましたが、もう少し正確に述べると、前回の場合、女声の数が多すぎて、相対的に男声が弱かったとのことですが、今回はバランスがよかったと思います。ただ強いて言うと、前半やや女声が弱いかなという印象でしたが、後半ではその女声がよく響いてきて、女声の透明感もよく感じられたということです。

古楽器をつかっているのがよかったですね。形からクラリネットかな、音色からオーボエかなと思っていたのが、コルネットというのがわかりましたが、オーボエ・ダモーレといい、管楽器は昔の方が現代のフルートとかクラリネットより音量が大きいぶん、洗練というより素朴で、かえって魅力を感じました。

会場でフォートマンさんと休憩時間中ずっとしゃべり、馬路さんとはあのあと喫茶店でおしゃべりしました。

簡単な感想を書きました。ご主人様にもよろしく。

東　宏治

奥の細道／風土（土地の霊）

件名　奥の細道／風土（土地の霊）
宛先　パスカルくん
日付　2014年5月8日

パスカルくん
お変りないことと思います。芭蕉の旅は第2回草加近辺へ4／24にでかけました。深川界隈同様、名所旧跡としてはどうってことないですが、風景に関東（とくに関東平野）を感じました。関西にはない平らさというか。関西に長く住むと、東京から帰ると、関ヶ原あたりで空気がしーんと静かになり、ああ帰ってきたなあ（昔の東海道線はもちろん、車窓をあけられない新幹線でさえ）感じましたが、濃尾平野はまだどこかに「山」の気配があります。今回のバスまわりでは、その気配が感じられない。第2回の今回も、もう芭蕉の旅はやめようかと思いましたが、風景や風土の匂いに惹かれ、次回の黒羽、日光を申し込みました（笑）。風景の牽引と、老講師のムードと、（全コース回った）君への敬意からですね。そしていよいよ「奥の細道」らしくなるぞとの期待です。（今回さっちゃんも参加していましたが、たぶん彼女はもう来ないのでは？と推察。）

ではまた。

東　宏治

追伸：たそがれ長兵衛さんみたいなひとには、まだ出会っていません。6／3前後になにかおもしろそうな映画ありますか？

「現代」音楽のこと

件名　「現代」音楽のこと
宛先　島本由紀子様
日付　2014年5月21日

島本由紀子様

先日は、思いがけずお話出来て幸いでした。中断した立ち話の続きをしたくてメールしました。

最初は演奏家の技量に幻惑される思いでしたが、ある時点からいきなり音が、それぞれの楽器の出す音が塊となって、突然、まるで三次元の映像のように（俗っぽい言回しですみません）空間から飛び出してきて、それに鷲摑みにされたふうでした。その感触が連続し展開するのが楽しくて、たしかに音楽的な体験をしている（とんでもない勘違いかもしれませんが）と感じつつ聴き続けていました。

「現代」音楽って（シェーンベルクとかベルクがいわゆるクラシック音楽のように聴けるのと違って）しばらく何もわからないまま我慢して聴い

ていると（そのまま何も起らず終わることも多いですが。その場合たいてい演奏が悪い。不消化ですね）、あるとき急に「音楽」が聞こえてきて喜びにつつまれます。

ところでご心配いただいたぼくの詩のことですが、短い詩型（ぼくの場合ソネット）に三つか四つのテーマがからまって、その糸を解きほぐして別々の作品にできなくて、しばらく停滞したままという状態です。

次回またコンサートの機会がありましたら、どうぞご案内ください。

ではまた。

東　宏治

やっと〈鳥たちの楽園〉ができました

件名　やっと〈鳥たちの楽園〉ができました
宛先　中田好宣さま
日付　2014年6月1日

巨匠、中田好宣さま
ご無沙汰していますが、お変わりありませんか？　こちら変らず元気です。

ずいぶん時間が経ちましたが、去年11月に始めた「鳥たちの楽園」づくり、途中予想外の寒さで、セメントが固まらなくなり中断していた工事を、その後、やっと暖かくなったと思った先日来、いやぁー突然の暑気のなか、ついに昨日完成しました。

巨匠制作の器二点、写真に収めましたので（iPadにて撮影）感謝とともに添付してお送りします。

鳥たちは写っていませんが(*)、朝に夕に涼しくなった頃にやってきます。

当初、鳥たちは中断していた頑丈な建造物に恐れをなして、皿を遠巻きにして、草の上にばらまいてやった餌をついばんでいましたが。近々この「楽園」のまわりにサツキを数本植える予定です。楽園らしくなって、鳥たちもさらに安堵するでしょう。

ついでにこしらえた日時計柱も添付しました。写した時刻が午後2時前であることがお分かりと思います。このアナログ＝デジタル日時計は、二〇年も前に信州にて見つけたものです。

ではまた。ぼくは最近「奥の細道をたずねる旅」というのにでかけています。月に一度、二、三泊程度のペースで一年半かかるようです。そちらはいかがですか？

東　宏治

（＊）（後日注）その後、鳥たちの写ったものと、サツキの植わったものを送ったので、本書ではそちらを掲げました。

No 60　やっと〈鳥たちの楽園〉ができました

ドストエフスキー／オーケストラがやってきた

件名　ドストエフスキー／オーケストラがやってきた
宛先　パスカルくん
日付　2014年6月17日

パスカルくん
メールをありがとう。今日、奥の細道第4回の振込をしました。君にはちょっと心配をかけましたが、母もOKのようなので。前日6／30（月）のKKRの予約もとりました。7／2（水）の帰京は19：00予定なので、20：00くらいの新幹線で京都に帰ります。（バスが万一遅れるような場合、姉の家に泊めてもらえるでしょう。）

●ぼくは急にそんな気分になって、ドストエフスキーの「死の家の記録」を読み（聴き）はじめました。朗読が女声のせいか、多少しっくりきませんが。たとえば少女が筆者を哀れんで一コペイカをくれ、筆者が今でも大切に持っている、というくだりをあっさり読みすすめるので、ませんが。）

危うく聞き漏らしそうになったり……。（まあ、あえてあっさり読むほうがいいのかもしれ

●また、（笑われそうですが）、山本直純と小澤征爾の「オーケストラがやってきた」（DVD全四巻）を見て聴いています（現在2巻目が終わったところ）。リアルタイムではたぶん一度も見たことがなく（「「題名のない音楽会」はかすかに記憶あり）、ぼくは音楽の初心者なので、「いまさらひとに尋ねられない」たぐいのことだらけなので、本当に勉強になり、何より楽しいし面白い。初歩的なことなのだろうけれど、指揮とか演奏、曲作りのことがよくわかります。

遅くなったのでこのあたりで。

ではまた。

東　宏治

（誤字、打ち間違いが多いと思います。許されよ。）

ドストエフスキー／中村文則／マラマッド

件名　ドストエフスキー／中村文則／マラマッド
宛先　パスカルくん
日付　2014年6月27日

パスカルくん

返信メールをありがとう。歯痛とのこと。お大事に。食事はまたの機会に。

偽Amazonメール、夜（19：28）にまた来ていました。やれやれ鬱陶しい。

外国からpaymentとか女性名、男性名の変なメールが時々来て「迷惑メール」に入っています。

それにしても君がAmazonをそんなに利用してトラブルが一度もないのなら、ぼくもいずれ（今始めるとややこしくなるので）購入してみます。

●「死の家の記録」が、あまりおもしろく感じなくなったのは、耳で聴くからか、ドストを受け入れにくい感受性にぼくがなったということなのか。しかし中村文則という若手の作家を先入観も予備知識もなく耳でいくつか聴いて、あっ、いまどきの作家にもこんなドストエフスキーみたいな作品を書くひとがいるのかと驚きの発見をしました。むかし白水社の「新しい世界の文学」というシリーズで、マラマッドの『ドゥービン氏の冬』を安部公房が帯の推薦文で、「現代作家が書いた新しいドストエフスキー」と評しているので飛びつくように読んで、逆に、なるほど現在にドストエフスキーが書くとこんなふうになるのかと勉強した気がしましたが、中村文則には、もっとドストエフスキー的な人物が描かれています。『ドゥービン氏の冬』はドスト的であろうがなかろうが、ぼくの偏愛する作品です。

またおしゃべりが長くなりそうなのでここらでやめます。

東　宏治

黒羽／遊行柳／ディズニーとジブリ

件名　黒羽／遊行柳／ディズニーとジブリ
宛先　パスカルくん
日付　2014年7月8日

パスカルくん

7／1、2と那須、黒羽に行ってきました。茅葺きの山王寺に一番感銘を受けました。雲巌寺もよかったです。西行の遊行柳はまさに田んぼの中、こんな所へ西行の数百年後にわざわざ芭蕉がやってきたことに文化と情報のちからを感じ驚きました。さらに数百年後に、初老や中期高齢者たちもやってくる。

近くの宿場町の丁子屋で昼食にうな重を食べ（君のときはどうでしたか？）例の老講師が、わずかな時間を惜しんで（本当に10分間）街道脇の寺などを紹介してくれたが、昔の町の非常食備蓄倉庫跡、今は隅研吾（くまけんご、漢字あやしい）の小さな建造物のなかを見学できなかったのは残念。残念といえばうなぎは高値ゆえか量が少なく、早速、「うなぎ一枚食って立ち去る柳かな」と詠んで古人をしのびました。

●次回5回白河は8／5、6にしました。例によって、8／4は前泊ですが、月曜日なので映画は休館ですね。

●つい最近、たまたまTVでディズニーの「レミーのおいしいレストラン」というのを途中から見ました。人物の動きがなめらかでリズムがあり、子供の頃に魅せられたのが、のちの日本のTVアニメと大違いの、この動きだったんだと、あらためて思いました。もっとも、白雪姫やピノキオの動きはもっとゆったりしてましたが。実写映像並みの動きをさせるには、一秒間に数十コマ（正確な数字は忘れた）が必要とのことでしたが、現在ならCGを使い、もっと簡単に実写以上にアニメぽい動きを演出できるのかなとも考えさせられました。

ジブリは手書きで人物を動かしているんですか？

とりあえず。

ではまた。

東　宏治

「兵隊やくざ」／「アナと雪の女王」／蕪村など

件名　「兵隊やくざ」／「アナと雪の女王」／蕪村など
宛先　パスカルくん
日付　2014年7月17日

パスカルくん
メールをありがとう。返事おそくなりました。8／7の映画をどうするかで迷っています。東京のいいところは、交通の便の良さ（良すぎるのじゃないか?!）と、文化的な催しが多いことです。そのどちらも欠けているこちらに暮らしていると、気軽に出かけられないので、大げさに言うと、いつも自分の好奇心をとことん秤にかけて選択させられるようなところがあり、自分の優柔不断さを思い知らされます。

●月曜日に午前中「人間ドック」をやったあと、評判のいいらしい「アナと雪の女王」を見てきました。普通の劇映画と思い込んで入ったので、ディズニーのアニメとわかって一瞬しまったと思いましたが。まあミュージカルみたいなものを日本語に吹き替えて歌っていたのに、歌がうまくて感心しました。(*) 吹き替えの技術にも驚きます。

それにしても先日のTVといい、偶然ディズニー・アニメを久しぶりに続けて見ることになりました。人物たちの動きにやはり興味を惹かれます。

●「老」講師はたしかにぼくたちよりひとつか二つ歳上なだけです。敬意と親愛の気持ちを込めた表現のつもりで、つい……。正直、ぼくは親愛の気持ちがとても大きい。

黒羽の芭蕉の館前にある馬上の芭蕉と、いかにも従者然とした曾良像は、見たけれど（なにか好きになれない）、子供たちを描いた蕪村の絵葉書には気づきませんでした。残念。次回機会があれば（もう、ないだろうのに言うのは偽善的ですね。でも蕪村は好きなので）ぜひ見たいものです。蕪村といえば、京都の金福寺（詩仙堂近く）に芭蕉庵があり、蕪村の芭蕉像（たしか複製ながら）があるのは知っていますか？　穎原退蔵のお墓もあって、学生時代からのぼくのお気に入りスポットです。蕪村は句も絵もいいね。

ところで芭蕉公園だったかの茶店（風のこれも記念館？）でお茶をよばれているおりに、子供用につくった「ようこそ黒羽へ、芭蕉さん」という紙芝居を絵本にしたものを買ったのですが、これも知っていますか？

●君がマンの『魔の山』を読むと前々便だったかにちらっと書いてあるのを見たとき、びっくりしたのは、ぼくもマンを読みたくなって、サピエ図書館から『トニオ・クレーガー』と『魔の山』をダウンロードしてあったところだからです。『魔の山』は今読むとどうですか？

いま「トニオ・クレーガー」みたいな子はどこに行ったのだろう？　もしいたら、いじめられっ子か寵児か、どちらかになっているか……と思い、こちらから先に読もうとしたら、うまくiPadに入らず、残念。（どうもＭａｃ用ではないらしい。）『魔の山』は、目下読んでいる『本居宣長』（小林秀雄のほう）が終わってから。（なぜかあまりおもしろくない。）

ながくなりました。このへんで。

東　宏治

PS：勝新の「兵隊やくざ」見たいが（どうせ見るなら全部）、やはりやめるか。

（＊）（後日注）後に「ありのままで」という曲をクリネットで練習することになり、こんなむずかしい曲を上手く歌っているなと（May J. と松たか子）改めて感心しました。

須賀川の「民度」

件名 須賀川の「民度」
宛先 パスカルくん
日付 2014年8月9日

パスカルくん
その後お変わりありませんか？
4日に前泊し、5日、6日と白河の関あたりをめぐってきました。関所の跡はもちろんなく、関所があったろうという雰囲気もないのですね。なんとなく山間の峠道にあるような勝手な想像をしていました（認識不足）。
「白河の関越えんと、そぞろ……」という一節がなぜかよく頭に浮かんでいて。むしろなんでもない須賀川の町（震災の後遺症が残るものの、ずいぶん復興したそうですが、去年はどうでしたか？）の「民度」の高さが印象的でした。芭蕉が等躬さんの厚いもてなしをうけ八日間も逗留したという誇り？ 俳諧の伝統？

今日はこちら台風の影響で☂雨、→風が結構強い。今回もそうでしたが（いや暑すぎた）、芭蕉の旅は全部好天にめぐまれています。

ではまた。

東　宏治

ぼくは気づかなかったが、線量計が設置されていたそうです。どこだったか?!……

「ぼくの彼女は二百歳」

件名　「ぼくの彼女は二百歳」
宛先　大島 香さま
日付　2014年8月19日

大島さん
もちろん二百歳は「ぼくの彼女は二百歳」というスウェーデン映画を連想してもらうためです。以前書いた「見知らぬわたし」は中国映画の「変面師」（原題の「変」はもっと難しい漢字でしたが）のイメージを借りているように、映画を見た人は（大島さんみたいに）ピンとくるのを期待して。見ていなくても表現そのものから、同じイメージが伝わるとは思って書いていますが。
ところで、白い息がことばに見えるというイメージ、もらっていいですか？　たしかに言われてみれば思い出しましたが、そんなふうにはっきり感じませんでした。いつかぼくの詩のどこかに、どんな形になるかはわかりませんが、使いたく思います。ぼく好みのメタファーなので。

息子さんの（子育てということの）意味がそんなに大きかったのかと、逆に教えられた気がします。

じゃ、また。お元気で。

東　宏治

「かもめ食堂」荻上直子

件名　「かもめ食堂」荻上直子
宛先　大島 香さま
日付　2014年8月23日

大島さん
メールありがとうございます。予約していたのに四時間待ち、というのはひどいですね。国立大学病院？ぽい（勝手な想像）対応ですね。
「白い息とことば」のこと、寛大なお心遣い、うれしいです。固く言うと、いわば「記号論」的な、あるいは形而上学的なメタファーにぼくがいかれたのだと思います。もちろんほんとうにきれいな詩的イメージとして使わせてもらいます。どうなるか自分でもわかりませんけどね。
今日（メール出す現時点では昨日）「かもめ食堂」というフィンランドが舞台の荻上直子監督の映画を、もう何度目かで見てきました。ご覧になりましたか？　第二作目の「めがね」も裏切られずに面白い。（第三作

「トイレット」は未見。(*)）それで「かもめ食堂」のスタッフによる、という謳い文句で作られた「プール」↓「ウォーター・マザー」↓「東京なんとか（タイトル失念）」というのを次々見ましたが、退屈なだけで、ちっとも面白くない。あとで気づいたのですが、「かもめ食堂」の同じスタッフと言っても、監督だけはどれも荻上でないのが分かって、納得しました。こんなはずないと、ついつい騙されて見つづけたのです。ムードだけ似せても、模造品はやはり模造品。監督の才能というのは歴然と現れるのだと思いました。「同じスタッフ」のみなさんに分かっているのかな？

思わず長くなりました。ではまた。お元気で。

東　宏治

（＊）（後日注）荻上の第一作は「かもめ食堂」ではないらしい。「俳句甲子園」などあるらしいけれど、残念ながら未見。

6回目の旅の集合に遅刻して

件名　6回目の旅の集合に遅刻して
宛先　パスカルくん
日付　2014年9月14日

パスカルくん
8日に前泊し（この日午後に京都の病院で脳のMRI検査を済ませてからKKRへ。それでもチェックインは6時すぎだった）、9日〜10日、黒塚とか国見峠に行ってきました（第6回目）。
いよいよ松島かと思い込んでいたが、まだ福島の中（東北は遠い）。9日朝7：40東京駅日本橋口集合なのに、ホテルの目覚ましが鳴らず、かつ眠れないまま三時半となり、このまま起きていようかと迷っているうちに爆睡したらしく、朝日のおかげでめざめたのが8時でした。添乗員の携帯に電話したら、方法はふたつ。郡山で追いつくのは無理でしょうから、キャンセルするか、今夜泊まる福島のホテルへ先に行ってもらうか、と言われ、もちろんキャンセルはもったいないので論外。ただ二本松市での昼食に間に合えばと、レストランの電話番号を教えてくれました。それで、シャワー↓チェックアウト↓Taxi（¥730）↓東京駅日本橋口↓みどりの窓口（窓口嬢、親切で有能）↓9：40東京発↓郡山10：58着↓11：06郡山発（東北線）↓11：26二本松着↓Taxi（ワンメーター）↓「隊士館（レストラン）」11：40到着ということで、グループのバスよりずいぶん早く着くことができました（レストランのおばさんも親切で有能。こちらが頼むまえに添乗員にすぐ連絡してくれた）。昼食まえにこのレストランにバスを止めてすぐ前の大林寺（？）に皆さんと同行。「みなさん、東さんです。無事到着しました！」と紹介され、拍手で迎えられたのは照れくさかった。おかげでぼくは名前を覚えられたようです。

●そんなわけで、芭蕉の旅は、さしたるロスもなく（郡山からのバスはなんとか公園に寄っただけで、たいしたことなかったとのことなので）、日程をこなしました。黒塚と国見峠が印象に残りました。

●ぼくの最近の読書の嗜好がどうも変わってきたらしく、小林秀雄『本居宣長』（本居と小林の源氏論を楽しみにしていましたが）、トーマス・マン『魔の山』（音楽論だけでも読みたいが）も中断。現在、村上春樹『アンダーグラウンド』（オウム／サリン事件）を面白く読んでいます。耳で聴くようになったせいかも、と推測臆測。君はいま何を読んでいますか？

とりあえずはこのあたりで。

東　宏治

多賀城跡など

件名　多賀城跡など
宛先　パスカルくん
日付　2014年10月13日

パスカルくん
6日に前泊して7、8、9日と、第7回の「細道」に行ってきました。
君の言う通り、多賀城跡がすっかり気に入りました。この一見若草山風の、それよりは低い丘は、思いのほか広く（裏手のほうにもちょっと案内してもらった）、気持ちが爽やかになりました。（ここに住んで毎日散歩できるといいのだが……などと夢想。）平日ということで、ちょうど遺跡発掘中の作業現場をごく一部垣間見ることができました。地元のボランティアガイドの情熱的なおじさんがよかった。君のときにもそのおじさんだったかも？）
肝心の家持のことができませんが、このガイドさんも、家持が多賀城にきて三年ほどで没した、寒さがこたえたのかもと言葉少なく、詳しいことはまるでわかっていないようでした。

この町の海に近い住宅街（末の松山あたり）が3・11の津波にやられ、その痕跡が住宅の壁に残っている（1m50㎝くらい）ので、具体的に映像が浮かびました。

前回の国見峠といい、ここといい、やはりぼくには句碑や記念館（正直なところリアリティを感じさせない）より、いわば自然の遺構（と恐さ）をたずねるのが自分向きだと確認しました。寺社には一部こころを引き締めさせられるものもあるが。ときに芭蕉が歩いた「かも」しれない山道（国見峠とか実方（さねかた）の墓近くなど）を歩くのもいい。気持ちも足取りもはずみます。

ちなみに今回も台風のうしろを追ったようで（関東は大変だったようですが）快晴つづきでした。次回8回は松島、ここも晴れてほしいところです。9回はなんと！来年5月らしく、えらく長い冬休みになります。まあええか。

夜も遅くなったのでこのへんで。

東　宏治

No 69　多賀城跡など

PS：ところで家持の謎の解明はすすみましたか？(＊)

（＊）（後日注）上杉省和さんからも、親しくなるにつれて家持や芭蕉のおもしろい、興味深い話もうかがうようになった。

パリの宿など

件名　パリの宿など
宛先　さっちゃん
日付　2014年10月24日

さっちゃん
メールをありがとうございます。
パスカルくんは腰が重いから、わざわざ京都までは来てくれない気がします。東京だとフットワークは軽く、いろいろ本当に細やかに気を使ってくれるけどね。
宿のことを聞き、旅行会社の短期留学、長期滞在などのプランがあって、それ用のホテルやステュディオ studio（小さなキッチンつきのワンルームマンション）を斡旋してくれることを思いだしました。1区だと風格のある建物が多く、たぶん価格も高級かも。正直ぼくはあまりよく知らない（観光客も多いはずです）所です。ぼくはほとんど毎日散歩して、壁にはった大きな地図に、その日「わたしの歩いた道」を青の色鉛筆で塗ってゆき、旧パリ市内をぬりつくす勢いでしたが、それでもやはり生活圏だった14区とか15区が詳しいです。ご出発までにぼくのお気に入りの通りの名前（すぐに思い出せないので）二、三書いてお送りします。ただスケッチ心を刺激するかどうか。地図は今何かお持ちですか？（持って歩くにはミシュランの一冊本が一番詳しく正確ですが……。）

とりあえずはここまでに。

東　宏治

●人生の友たちへのメ〜ル No 71

パリ行きの準備も

件名　パリ行きの準備も
宛先　さっちゃん
2014年11月3日

さっちゃん

パリ行きの準備も整った頃と思います。

おすすめの町並みはうまく探すことができませんでした。視力と記憶力の衰えのせいですかねえ。認めたくありませんが。

（1）ぼくは15区のジョルジュ・ピタール通り（Rue Georges Pitard）にあるアパルトマンの10階（日本では11階にあたる）に住んでいて、近くの長〜いアレジア通り（Rue d'Arégia）にでてから、脇道のいろいろな通りを散歩して見つけた、美しい街並みをまず紹介したかったのですが、とうとう思い出せ（見つけ出せ）ませんでした。わが家に遊びにきた友人の知人の知人であるフランス人女性としゃべっていて、彼女が「きっと誰も知らないと思うけれど15区にわたしの好きな小さな通りがある」と言って、その通りの名前をあげたので、「あっ、それ、ぼくも好きですよ」と言って、探し出した写真を見せたら、彼女はしばらく絶句してから「そう、それです」と本当に驚いたふうでした。さしてよくも知らない大学の先生（彼女とはほぼ初対面だったらしい。京都を案内していて、フランス人ということで我が家につれてきたということです）に、たまたま連れてこられた比叡平という山中の家で、しゃべるうちにふと口にした通りの名前を、知っている日本人に出あったので（彼女は学生で若かったので、強い印象を受けたらしいのです。）帰国後何度か手紙をくれましたが、ロマンスにならなかったのは残念でした。（笑）

（2）二つ目は14区にあるダゲール通り（Rue Daguerre／ダゲールというのはダゲレオタイプと呼ばれた銀板写真を発明した人の名前）です。ライオンの像の据えられた有名なダンフェール・ロシュロー広場（Place Denfert Rochereau）のそばにある通りで、市場や果物屋の他いろんな店の並ぶ庶民的な通りです。（観光客が出かけるというより、そこらに住んでいる人たちの町で、ルーヴルあたりとは違います。）ぼくがパリに着いて一と月、最初に泊まったホテルのある界隈で、その後も頻繁に通り、その後もパリに来るとこの界隈で宿をとりました。

でもこう書いていると、短期の滞在のひとにおすすめするのは間違っていると感じるようになりました。ぼくも一緒にいて案内するのならいいが、まだ慣れないひとが単独行動するには（物騒という意味ではまったくありませんよ）ちょっと「早すぎる」かもとわかりました。できれば頼りになるお友達とでかけるといいと思います。

ミシュランの地図もあちらで多少とも長く住む（生活する）ひとにはこんな便利な正確なものはありませんけれど。自分から勝手にいいところを教えると言っておいて、こんな言い草は申しわけありません。

でもたくましく慎重に楽しんできてください。ではまた。

東　宏治

こちらがリラックスしていると、向こうの人ってとても親切です

件名　こちらがリラックスしていると、向こうの人ってとても親切です
宛先　さっちゃん
日付　2014年11月4日

さっちゃん
メールありがとうございます。紅葉の公園のスケッチなんていいですね。

ぼくは12月の「スケッチ展の案内状」送付用に今回初めてラベル印刷をするべく、パソコンと格闘中です。

宛名ソフトを使えばいいのに……。

ちょっと早いですが、パリ滞在を楽しんでください。こちらがリラックスしていると、向こうの人ってとても親切で、やさしいです。犬猫鳥たち動物もおなじですね。

東　宏治

松島、石巻、登米／江戸時代の教育

件名　松島、石巻、登米／江戸時代の教育
宛先　パスカルくん
日付　2014年11月24日

パスカルくん
17〜20日に芭蕉の旅（8回）でやっと松島、石巻に行ってきました。石巻の震災跡で……、あのときのTV映像を思い浮かべ、また涙がでそうになりました。跡地（日和神社下の町）にはあちこちの墓地と荒れ地ばかりなんですね。松島を遊覧船でめぐったのはいいけれど、ぼくは居眠りしていたようです。（なんだ、勝浦や伊勢志摩と変らんじゃないか。もっと無数の島々の間を縫うように航行するのかと思っていたぞ……ムニャムニャ、白河夜船）。
でも（君も行ったと思うが）登米に残された明治時代の小学校をたずねて感動しました。岡山の閑谷学校（行かれたことありますか。江戸時代こ池田公が藩校とは別に、百姓たちのためにこんな立派なものをつくったのかと、ほとんど涙がでるほど感銘を受けました）以来の感激です。昔の日本人ってほんとうに教育を大切に考えていたのですね。

最近たまたま池澤夏樹の『花を運ぶ妹』を読み（聴き）始めています。おもしろい。スケッチ展の準備で忙しくなりました。

では また。

東　宏治

やっと額縁屋さんに……

件名	やっと額縁屋さんに……
宛先	パスカルくん
日付	2014年11月27日

パスカルくん

●昨日（25日）やっと額縁屋さんに、展示する絵を持って行きました。多少ほっこりしています。

●象潟で君たちが少し降られたとのことでしたが、まさにグッド・タイミングでしたね。もし降られるならぜったいここがいいですね。

次回第9回（平泉）は来年の5月なので長い冬休みに入ります。今度は多少勉強していこうかと思いますが……。でも下調べはしないほうがいいかも。ぼくは大学で教えていた頃の授業でも、けっきょくアドリブのほうがうまく行った。即興のほうがなぜか創造的になるようで。

●池澤夏樹は「花を運ぶ妹」のあと、「春を恨んだりしない――震災について考えたこと」を、最初はそうと（震災について書かれたものと）知らずに読み始めました。（サブタイトルには気づかなかったようで。）これのタイミングがよかったと思います。ちょうど訪れた土地や人たちのことでしたからね。

●永田和宏や家族のことは、まったく読んでないのに新聞やＴＶでたくさん情報を知っていました（笑）。いずれ読みたく思っていました。

ではまた。

東　宏治

PS：登米の小学校で、案内の女先生のオルガン（風琴）伴奏で「ふるさと」を三番までうたいました。歌詞はほぼ全部覚えていました。

シートン動物記／村上春樹の長編

件名　シートン動物記／村上春樹の長編
宛先　パスカルくん
日付　2015年3月31日

パスカルくん
すっかりご無沙汰していますがお変わりありませんか？

こちら、時差ボケみたいな、呆けた時間のことを言わなければ、変わらず元気です。ところで奥の細道の第9回平泉が5月12、13、14日にあり、11日（月）に例によって前泊します。この日の夜に都合よく「寄席」などやっているところはないでしょうか。久しぶりに聴きたくなって。

その後中也は如何ですか？　ぼくは思いがけず面白かったので、『シートン動物記』（全9巻）を遅ればせながら読み（聴き）ました。最後のほうは重複も多く、少し退屈でしたが。

村上春樹の長編を幾つか読んで、やっとあの人の長編は長いけれど途中でやめられず、最後まで読まされるが、いつも最後は肩すかしをくらわせられるということで、面白いのはどれも第一巻目だけ、ということを発見しました。どんな深い世界や思考にみちびかれるかと最後まで付き合うのに。こんな結末の不満を口に出すには、なぜか勇気がいる気がします。（たいていの人が、言葉をにごすのです。）

ではまた。

東　宏治

米朝はあまり好きじゃなく

件名	米朝はあまり好きじゃなく
宛先	パスカルくん
日付	2015年4月7日

パスカルくん

メールありがとう。

パスカル君が言うのだから間違いないと思うけれど、ぼくは実は米朝があまり好きではありません。関西落語もいまひとつで。自死した枝雀は好きでしたが。そこはかとなく面白かった。米朝はどこかインテリくさくて、心から笑えなかった気がします。死後例によってマスコミが賞賛していますが。誰かが「半分学者だった」と言ったそうですが、そんな感じで。大学の催しでぼくがつてを通して来てもらった林家染雀さんという若手の落語家は、勉強家で一度に二つか三つ難しい（＝初めて耳にするような）噺を披露するので感心させられるし面白いのに、心の底からは笑えないところがあって、それと似ています。（米朝と比べるのは早いかもしれませんが、ネタと諸芸能の勉強ぶりによく似た匂いがする。）ついでに言うと、圓生が子供心にどこか暗いと感じていたのが、いつしか好きになって聴くようになり、君にとっての志ん生のように、ぼくの圓生になった。そんな風に彼にもなってほしいと思っています。

ぼくは小三治（むかしの）が好きですが、あの人もどこかで後味が暗くて、圓生の後味を思いだします。ところでまだ落語を一度も聴いたことがない志の輔はどうなんですか？　そこはかとなく面白そうな気がするのですが。大阪で独演会があると知り電話したが売り切れだった。じつは東京で機会があればと思っていました。

最近「三四郎」のあと「それから」「門」を聴きました。文章・文体には感心しますが、どうしてこんなに暗いのか!?（と逆に興味を惹かれます……。）ぼくはなぜ中学時代に「こころ」を読んだだけで、大学生になってもなかなか漱石に近寄らなかったのか、分かる気がしました。なるほど（暗いからというのではもちろんなく）自分の問題意識の中には、漱石的なものはなかったなあと。

遅くなったのでこの辺で。

東　宏治

母の95歳の誕生祝い／芭蕉の旅／松谷みよ子

件名　母の95歳の誕生祝い／芭蕉の旅／松谷みよ子
宛先　さっちゃん
日付　2015年6月27日

さっちゃん
先日「細道の旅」から帰って20日に、三友居という銀閣寺界隈の仕出し屋から弁当をとって、母の95歳の誕生祝いを親子親戚10名で祝いました。驚いたことに、母が前夜から寝ないで考えたという「あいさつ」をみなの前で披露したので、やはりうれしかったのかなと思いました。
その「旅」ですが、第10回は羽黒山、最上川、酒田、湯殿山でした。羽黒山山頂からの修験道の下山は、下りでもかなりハードでした。最上川川下りは水量がさほどでなく、「五月雨を集めて疾し」というよりは「のどか最上川」でした（保津川下りのほうが川幅の狭い分、スリルあり。）船頭さんは講師の熱望する美人娘でなく、「ちょいワル」という渾名の中年男性でしたが、綾小路きみまろばりの毒舌でたのしく下りました。そこで二句。「昔乙女らをあつめて愉し最上川」「ちょいワルの船頭、小唄、川騒ぐ」（どちらも今ひとつですね。）

●酒田の町で見たのは港近辺のごく一部でしたが（映画「おくりびと」のロケ建物もすぐ近く）観光用に整備されていたかもしれませんが、よかった。湯殿山はたしかに熱い湯が足を洗って痛いほど。奥殿への足場の悪さはバリヤフリーの対極でした。修行の山はわざとしんどくさせているんでしょうね。……

こう書くと楽しんでいたみたいで、自分でもおどろきますが、総じて前回のほうがはるかに面白くすごした印象です。

前回9回は平泉から山寺まで行ってきました。コンクリートの建物内に保護されてある金色堂は、あまり感動もなかったですが、思いがけずよかったのは芭蕉が「蚤虱、馬の尿（ばり）」に苦しめられながら二泊、三泊もさせてもらった（くせに恩知らずな句を詠んだ）「封人（ほうじん）の家」（いわば国境の番人の家なのだと今回で初めて知りました）とその近くの分水嶺（ふつう想像する山の峰でなく、平地を流れる小川が太平洋側と日本海側に分れる）という不思議で、のびやかな眺めです。
「封人の家」の語り部の話がおもしろかったです。彼は、家の歴史と家畜たちへの熱い思いを語り、恩知らずな芭蕉の句を、家畜と寝食をともにする村人たちへの同感の思いを込めていると力説しています。そして、「芭蕉さん曾良さんもこの囲炉裏のそこにすわっておられたんですよ。どうです、そこのおふたり、一句」と振ってくるので、たまたま曾良の位置にいたぼくは、「語り部の熱き心を真横で聴く」と即興句を即座に（実際は5分ほどあとで）詠むと、語り部は顔を真っ赤にしてよろこんで（多分）くれました。

ところでずっと（これまで全回で、天候に恵まれているのですが）、この旅でも（台風が熱帯性低気圧にしぼみ）晴天に恵まれましたが、この「封人の家」方面に向う13日の朝早く、一関のホテルで地震にあいました。

地震は、早起きしてシャワーもすませ（荷物も前夜に一応できており）6時50分の朝食まで部屋でTVをみていたときで、あわてるというよりは、「鉄筋の建物なのにこんなにゆれるものなのか、部屋をでたほうがいいのかな、いやもうすこし揺れ具合を見てみよう」と按配していました。番組が急にきりかわって「〜〜〜緊急地震速報！緊急地震速報！」などとやり始めたので、ああちゃんとでてくるんだ、と半分感心、半分は、地震の来る前にこれが出るとほんとはいいんだろうな」と思いました。館内放送が「エレベーターはお使いになれません」とあり、さいわい4F（もちろん日本式の数え方）だったので、階段を降りようかと部屋のドアをあけたら、すぐ前の非常階段のドアがちゃんと開けてあったので（降りるにつれ各階とも開いており）感心しました（サンルート一関は及第点。この日の夜泊まった鳴子温泉の旅館のほうが宿として上等なランクらしいですが、もしこちらで地震があると、建物が大きく複雑なぶん、従業員の印象も含めて、不安が残ります。）

●松谷みよ子さんの訃報を聞き、この機会に何冊か読み（聴き）ました。ももちゃん、アカネちゃんものや自伝は面白かったけれど、「日本民話集」（とくに日本人の宗教観がでている第6巻）を聴いていて、日本人の信仰はやはりご利益と因果応報であると再確認して、暗い気分になりました。同じように祈っても、キリスト教ではお返しを期待しているのではなく、自分の子供を犠牲に捧げても、理不尽な神や自然への形而上的な抗議とか問いかけがあると感じます。さっちゃんはクリスチャンなので日々実感されていることと思います。

長くなりました。

東　宏治

作品集ＣＤをいただきありがとうございました

件名　作品集ＣＤをいただきありがとうございました
宛先　島本由紀子様
日付　2015年7月15日

島本由紀子様
思いがけずお作のＣＤをいただきありがとうございました。思いがけなかったので、余計うれしく思いました。初めての作品集と伺い意外でしたが。もう二度拝聴しました。解説はまだ読まないで書いているのですが、最初の二作品はとくに新鮮でした。以前のコンサートのさいＴＶ局が録音しているとのアナウンスがあったので、いつかＴＶで放送があるかと注意していましたが、聞き漏らしたようです。このＣＤの演奏も迫力ありますね。ジャケットの装丁もいいと思いました。
おめでとうございます。お礼かたがた。

東　宏治

村上／象潟

件名　村上／象潟
宛先　パスカルくん
日付　2015年7月20日

パスカルくん

6／13〜17（12前泊／16後泊！）台風に影響される前に鶴岡、象潟、村上などをまわってきました。天候にめぐまれた火曜日出発コースもついに二日目の午前中（午後は☀晴れ）象潟で作品通りに☂雨（やはり細い雨でした）に降られました。そこで一句。「象潟の雨を集めて蚶満寺」いかにもご当地ソングみたいで、「かきつばた」にしようかとも思ったが「カンマンジ」という音に負けて、ついこのままにしました。

このあとの村上の鮭問屋もよかったし、近く（？）の武家屋敷もよかったが（前日は個人的に藤沢周平記念館にも寄る）、三日目午前の、代々の藩侯を祀った墓所（寺の名前もわすれた。「光」が付いていたが）あたりから、いつものタイトなスケジュールがいやにのんびりしてきたなと思いはじめたころから、どうも帰りの長岡発新幹線に一本乗り遅れたらしいことが判明。東京着が21：29になったおかげで京都への最終新幹線がなくなり、姉の家に後泊することになった。入浴後すぐ就寝、くやしいことに朝四時にめざめたので、結局6：16発のぞみに乗り、8：29京都着。九時には自宅にいました。

そんなわけでこの11回は四泊五日の長丁場となりました。

ぼくの芭蕉の旅は、なぜかだんだん心が芭蕉から離れていく風です。

ところで14回は金沢で、15回は米原での現地集合ができそうで、前泊なしの京都出発になります。

ではまた。

東　宏治

漱石の女性像／アリス＝沙羅・オット

件名	漱石の女性像／アリス＝沙羅・オット
宛先	パスカルくん
日付	2015年7月25日

パスカルくん
今日は雑談です。（いつもそうですが。）
●志の輔は結局探すのが面倒くさくなってそのままです。まあ縁があるものなら機会が向こうからやってくるでしょう。
●漱石は「三四郎」「それから」「門」のあと、「小品集」「明暗」「猫」など聴いていて、いくつか発見・感想があります。漱石の描く女性はみな活き活きとして魅力的ですが、主人公の男たちは三四郎を除いてどれもうじうじしていて共感がもてません。「明暗」の小林はドストエフスキー的人物で驚きました。すでにドストエフスキーをちゃんと読んでいたのだなと認識を新しくしました。（別に読んでいなくてもいいわけですが。）また気難しい人のように思っていた漱石が、あくまで作品を通してのぼくの勝手な推測ですが(*)、人柄がなかなかいいということです。ユーモアとやさしさと本当に知的で自由な精神の持ち主なんですね。いまさら何という文学史的非常識を言うかと笑うでしょうけれど。ぼくは漱石を敬遠してきたので、いまごろこんな素朴な読書ができてよかったと思います。前にも書いたように、漱石のテーマにはやはり無縁だと思います。ところで、水村美苗の「続明暗」が何をどう書いているのか読みたくなりました。君は読んでいますか？

●ついでに今日の午後、びわ湖ホールで、アリス＝沙羅・オットを聴いてきました。久しぶりに楽しいコンサートでした。最近どの音楽会に行っても、演奏家は楽しいのかも（あるいは楽しんでない）しれないけれど、ぼくは眠い、しらける。でも今日のは、ちゃんと音楽を聴いたぞ！　音楽はエンタテイメントなんだぞ、と思いました。すごい才能です。

この辺で。

東　宏治

（＊）ちょうど佐村河内の実際の人柄を「作品を通さずに」見抜いたように、漱石は「作品のみをいわば透視して」見抜いた、といったところです。

件名　最近書いた詩など
宛先　さっちゃん
日付　2015年7月28日

最近書いた詩など

さっちゃん

●13〜17日（12前泊／16後泊！）台風に影響される前に鶴岡、象潟、村上などをまわってきました。天候にめぐまれ続けた火曜日出発コースもついに二日目の午前中（午後は☀晴れ）象潟で作品通りに☂雨（やはり細い雨でしたが）にやられました。そこで一句。「象潟の雨を集めて蚶満寺」

●松谷みよ子の「日本の昔話」を読んで（聴いて）日本人のご利益信仰に憤っていたころ、ぼく自身はこんな詩を書いていました。

＊＊＊

誰もまわりにいないのに、

見られていると感じるとき、
その見ているもの、
それが神だ。

月面を歩いているとき、
遠くから、またすぐ近くで、
空気はないのに空気のように、
わたしのからだに触れてくるもの。

遠い遠い頭上の真っ暗な空間から、
声ではないのに聞こえてくる
声のようなもの。

寒さは感じないのに冷たい地面から
しんしんとたちのぼってくるこの
孤独。それが神だ。

＊＊＊

ではまた。

東　宏治

件名　『ファーブル昆虫記』
宛先　パスカルくん
日付　2015年9月7日

『ファーブル昆虫記』

パスカルくん

写真をありがとう。暗いと言うより、中央の明るい部分を撮ったと思えばいい写真です（皮肉じゃないよ。）

芭蕉の旅第12回（彌彦神社など）は一泊二日の割に結構歩き、つかれました。天候は☀晴れのち☁くもり、台風の影響を免れ、傘いらずでした。

●前便で『ファーブル昆虫記』が実に面白いと書いたけれど、一巻目を終え二巻目に入ったとたん、面白くなくなりびっくり！しました。これは思うに、明らかに訳文の文体の変化だと思われます。（朗読者も交替したけれど、そのせいではないと思う）ぼくの独断と偏見によれば一巻目が山田吉彦、二巻目が林達夫だとにらんでいます。一巻目には昆虫への愛とファーブルへの敬愛の念があふれているのに対し、二巻目はそれが感じられない。一巻目の朗読にもそれが伝わっている気がする。ためしに三巻目を読んだら（朗読者はまたもや第三の女性（女声）に替わっていたものの）一巻目の訳者の文体に戻っており、誘惑にまけて二巻目を飛ばしてしまいました。（昔ならがまんしただろうに。(*)）訳者についてのぼくの意見はまさに独断です。

●次回第13回は、二泊三日9／14〜17です。ではまた。

東　宏治

（＊）（後日注）がまんして読めば、何か発見したかもしれないと反省もあります。

件名　明日はいよいよ最終回
宛先　木佐木くん
日付　2015年11月10日

明日はいよいよ最終回

木佐木くん

（1）11月1日に団地の文化祭での朗読会も終わり（朗読者12名、希望者にはピアノの生演奏BGMもありよかったが、聴衆がほとんどいなかった）、（2）11月3、4、5日は奥の細道で知り合いになった夫妻の山中湖畔の別荘で、招かれた他の三人の仲間と過ごし、（3）その足で、富士山麓に住む木佐木くん、上杉さんとも会い、（4）いよいよ明日11日から、二泊三日で細道の最終回（15回）で岐阜大垣などをめぐります。（ここ10日間の忙しさをあえて列挙してみました。）

君があげた寺田寅彦の文章について、ペルトのCDについて、また君のネット句誌に上る毎月の句から選ぶ、「ぼく好みの句集」（随分溜まっています）についてなど、帰宅して徐々にメールします。明日は米原で東京組に合流すればいいので楽とはいえ、やはり早起きは必要なので、今日はこれで。

東　宏治

結びの旅／ヴィトゲンシュタイン／寺田寅彦

件名　結びの旅／ヴィトゲンシュタイン／寺田寅彦
宛先　木佐木くん
日付　2015年11月23日

木佐木くん

昨日（13日）岐阜の大垣から帰ってきました。幸い天気に恵まれて快適な「結びの旅」となりました。印象にのこるのは寺社よりも登米の小学校や多賀城址や日和山から見た、また実際に歩いた、災害あとの石巻や、封人の家近くの分水嶺の眺めとかです。全行程のまとめとしては、こうなります。「句碑よりも面白悲しき風土かな」

●ところで、前便で君が引用していた寺田寅彦の俳句についての寸言「・沈黙によって現わされうるものを十七字の幻術によってきわめていきいきと表現しようというのが俳諧・この幻術の秘訣は……象徴の暗示によって読者の連想の活動を刺激するという修辞学の方法による」は、ヴィトゲンシュタインについてぼくが君に書こうと考えていたことが、寺田寅彦の言と全く同じなので、びっくりしました。＊＊＊（ここまでは13日に書いて中断していました。）＊＊＊

ぼくは以前から「書き手が表現することばは現実（＝寺田は沈黙と言っている）を型どる鋳型のようなもので、読み手がその鋳型に想像力という熱く溶けたブロンズを流し込んで現実像を得る」（『思考の手帖』）と考えていて、ヴィトゲンシュタインの「語りえぬことについては沈黙しなければならぬ」という言は、これと同じことを彼流に言っているのだと考えていました。鋳型はネガでそこから得られる彫像がポジという関係。

君がヴィトゲンシュタインのことばを気にしつつ（＝「ヴィトゲンシュタインではないが……」）、発見した寺田を引用するのは、君もまたヴィトゲンシュタインの言を同じように解釈しているからではないですか？（間違っているかもしれないが。）

実際、書き言葉であろうと話し言葉であろうと、日常言語で表現できるものは、それが表現できるものしか表現していないのだから、詩人はそういう日常の言語を使って、鋳型をつくって、その鋳型の内側の空間、「語りえぬもの」、寺田の言う「沈黙」、（ぼくなら「レアリテ」）を読者の想像力で充たさせようと期待する、ということです。寺田の言っていることは、「結構いいこと」でなくて、非常にいいことです（笑）。

今日はここまでで。

東　宏治

寺田寅彦／ヤンソンの文才／曲作り

件名　寺田寅彦／ヤンソンの文才／曲作り
宛先　木佐木くん
日付　2015年11月26日

木佐木くん
●寺田寅彦は理系の資質に文系の才能をもったひとなので（よくは知りませんが、きっと漱石に敬愛されたのではと思います）、俳句についてあんなことが書けるのでしょう。ぼくが中学生のときは、すっかり文学者として寺田のエッセイを読んだのですが（好きな小品をよく一人朗読したものです）、今は科学者の側面も知りたい。ちょっと比較の仕方は違うけれど、トーベ・ヤンソンは画家でもあり作家でもあったが、ぼくの見る範囲で、文才のほうが画才より豊かだった気がします。
●実はぼくも君と同じように、視覚だけでなく、音や音楽の映像も（「映像」というと誤解をまねきかねないので、いわば「音像」）がいつまでも生々しく残り、また思いがけないときに蘇ったりします。どこかで聴いた音楽の記憶だけでなく、詩句みたいに急に曲の八小節くらいが思い浮かぶこともあります。ぼくが作曲法を身につけていれば、これがたぶん曲のテーマとなるだろうようなものが。実際これをもとに先生にピアノに記譜してもらって、あとをクラリネットで続けて、下（左手）のパートも自分なりに付けて、一応小さな曲にまとめたこともあります。ぼくのような音楽に無知でわがままな生徒につきあってくれた、ぼくにとってありがたい先生でしたが、四〇代で急逝したのが残念で残念で……。たぶんこんな話、木佐木君には初めてすると思いますが。

●「その見えたる光未だ消えざるうちにいい溜むべし」というのは、ぼくも気に入っていて『思考の手帖』のエピグラムのひとつに使っています。ぼくの場合、「もの、の見えたる光」とした気がするので、自分に都合よく（もの、ということばが好きなので）変形させたのかも。

といった具合に、君のメールに触発されてつぎつぎと出てきます。

今日はこのへんで。

東　宏治

とうとう奥の細道めぐりが終わりました

件名　とうとう奥の細道めぐりが
　　　終わりました
宛先　さっちゃん
日付　2015 年 11 月 27 日

さっちゃん
とうとう奥の細道が終わりましたよ。
最終日の前日、ホテルの夕食前にセレモニーがあって、完歩式で十数人が表彰されました（記念品は時計らしいです）。
そんなわけで、さっちゃんとパスカルくんと木佐木くん（仏文以来の友人で俳人）に細道パロディ句集を送ることにしました。あいさつの句集で。

奥の細道戯れ（パロディー）句集
●あら尊うと、傘もささずの天気雨（日光の近くで）
●鰻一枚、食って立ち去る柳かな（遊行柳／丁子屋にて昼食）

●語り部の指差す水位は肩をこえ（石巻／多賀城城址／末の松山近くの住宅の外壁に残る津波跡）

●語り部の熱き心を炉辺(ろべ)で聴く（封人の家にて。近くの分水嶺の光景は忘れがたい）

●象潟の雨をあつめてかきつばた（蚶満寺にて、この日の朝に、旅での初めての雨。やはり象潟だなあ。「かきつばた」で平凡な句になった）

●ちょいワルの船頭、小唄、川、船、騒ぐ（最上川下り／若い美人船頭でなくて残念だったが、きみまろばりの毒舌で大いに楽しむ）

●荒海や、佐渡を隠して大曇天（親知らずを目指して海べりをバスで下る）

●旅終えて、千々に別れゆく秋ぞ（大垣にて旅結び）

●句碑よりも、おもしろ悲しき風土かな（ぼくのこの旅の総まとめ）

東　宏治

池波正太郎と年賀状

件名　池波正太郎と年賀状
宛先　パスカルくん
日付　2016年1月11日

パスカルくん

メールありがとう。こっちにもクラブツーリズムからのパンフがきてから、と思っていたのに一向に届かず確認できませんが、大垣の川べりで、何かの札を持たされて全員で記念撮影したので、君が見たのはたぶんそれでしょう。ぼくらの火曜出発コースの添乗員は、ほぼどれも関根さんという情熱的でサービス精神と責任感の強いひとで、毎回集合写真を撮り、必ずいただける（彼の好意）のですが、この写真はもらっていません。なお完歩記念の時計は立派なものでした。まだ作動させていませんが。

●このごろ作業能率が悪くなってきて、年賀状づくりの Photoshop が使いこなせなくなっており、出来上がったのが正月二日。もらう年賀状の宛名に、つぎつぎ返事がわりの賀状を出していました。やっと昨日で終わりました。君への賀状もまだ届いていないかもと心配。でもおかげで、来年からは、早めに準備して、住所録でなく、今年もらったひと宛に送ればいいかと……身辺整理にもなるかなと思っています。
余談ですが、鬼平犯科帳の池波正太郎は、新年から来年度の年賀状を一人ひとり書き始めたらしい。昔気質の律儀なひとはちがうなあと感心するとともに、あきれました（なにか変だなという思いも。まさか一年遅れの年賀状だった？ということではないので）。

ではまた。

東　宏治

Guillaume / Wilhelm / William ／大木実／大木惇夫

件名　Guillaume / Wilhelm / William ／大木実／大木惇夫
宛先　パスカルくん
日付　2016 年 3 月 4 日

パスカルくん
メールをありがとう。

●君が今読んでいるという『忘れられた詩人の伝記　父・大木惇夫の軌跡』（宮田毬栄著）の本の中で、この父娘が、全く偶然、もちろん時代も状況も違うのに、父はフランス人の先生に「Guiaume はドイツ語で何と言いますか？」と質問されて、その知識はなかったのに「Wilhelm」と答え、娘は高校時代にフランス語の先生が「ヴィルヘルムはフランス語で何というか、誰も知らないだろうな？」と言うので、本当は知らないのに何故かつい手を上げて「ギヨームです」と答えたという話。このエピソード自体面白いけれど、君の質問は、「Wilhelm」が英語で William」だろうと見当がついても、直感でGuillaumeが「Wilhelm」だとわかるものかということですが、実は君のメールを読み始めて、ぼくもGuillaume ???―Wilhelmかなと、たぶん勘で思いついたので、フランス語の勉強をやっているうちに、そんな勘のようなものができてくるのかもしれません。（余談ながら、この間(かん)、アポリネールのファースト・ネームがギョームだということは不思議に思い出さなかった。(*)）

●大木惇夫？（敦夫？）のことですが、君に前にも言われて一生懸命思い出そうとして出てきたのは、たしかにクラス雑誌に紹介したのはぼくだと思うが（たしかに　と　思う　とは言語矛盾している）、大木実という四季派の詩人の「夜汽車」だったのでは？　ぼくは中学生のころ四季派の詩人をたくさん読んでいて、大木実もずいぶん好きだったので。大木惇夫？（敦夫？）も知っていたけれど。大木実はマイナーな詩人で、忘れられるほど一世風靡することはなかったと思うので、君から伝記の話や愛人のエピソードを耳にし一瞬認識を改める思いになったものの、やはり紹介したのは大木実じゃないかと思う。大木惇夫の詩はどこか反感をもったふうな記憶もありますが、すっかり忘れているので、なんとも言えません。

こちらも長くなりました。それとは別に、伝記、面白い話があれば、また聴きたいよ。

東　宏治

（＊）（後日注）そのとき思い出さなくても、わたしはギヨーム・アポリネールのことは知っていたわけだから、やはり無意識の記憶が作動していたのだろうと思うようになった。パスカルくんに謝るべきかも。ただし大木親娘のケースとは別の話です。

柄本くんの死

件名　柄本くんの死
宛先　パスカルくん
日付　2016年4月19日

パスカルくん

連絡をありがとう。知りませんでした。千田さんが亡くなったのを知ったときも驚きましたが、柄本君の死も不意を突かれました。一昨年暮のぼくのスケッチ展に来てくれて、画廊で長時間話しました。彼もぼくも小学生の頃から絵が得意だったからで、彼は自分の絵も数枚持参していました。それらは上手な大人の技量なのに、受ける印象は、図画の時間に校外で真面目に写生する子どもがそのまま大人になった人の絵のようだった。絵が幼いと言うのでは全くないよ。そのことをどう言えばいいかわからず、ぼくはあいまいな態度だったと思います。彼はすぐ近所に住んでいて、小二のときにさっちゃんと森山くんと四人で撮った写真（クラス委員の記念）が残っています。彼は当時めずらしくなかった「青ばな」をたらしていたなあ（いま考えるとちょっと子どものチャップリンみたいな風貌に見えるのはその「青ばな」のせいか）、などなどいろいろ出てきます。

ともあれ連絡ありがとう。

東　宏治

『出家とその弟子』

件名　『出家とその弟子』
宛先　パスカルくん
日付　2016年5月8日

パスカルくん
●『出家とその弟子』の読書には思い出があります。小六の卒業前、県立図書館の児童室でこの本を返却したとき、司書の油屋さんから（化粧映えのする美人だった。ただしぼく好みではないよ。念のためとくにパスカルくんに付言）小学生には無理よねえと言われたので、その数日後、卒業式がすんだので、すぐこの本を借りだして読んだら、頭の中にすっきり、全部入ってきた。何や、ぼくが小二の時から考え悩んできたことが書いてあったのか、とわかって。返却のとき（ぼくは一気に読んだので、まだ四月になっていなかったから、入学式はまだだった）油屋さんに「面白かったです」、と意気揚々と話したら、彼女はしばし絶句していたよ。なるほど小学生には無理でした、とはぼくは言わなかったけどね。（いま言っているが。）油屋さん、その後どうなったのかねえ。すぐにも結婚しそうな気配だったけど。小学校からの同級生の仲田くんも彼女のことを知っていて、今日は彼女機嫌がわるいなあ、彼氏と喧嘩したんや、たぶん、などと、図書館を出て二人で笑ったこともある。

ではまた。

東　宏治

きみも油屋さん、知っていたと思います。ぼくらの同学年くらいの弟がいると、中学は付属に行った仲田くんが教えてくれた気がする。

グレッキ

件名　グレッキ
宛先　木佐木くん
日付　2016年5月8日

木佐木くん
メールありがとう。グレッキはたぶんCDを一枚もっています。二十年も前に、京都のアサヒレコードの主人が「東さん好みでっせ」と言って、最新入荷のレコードを勧めてくれたのでは、とおぼろげに記憶。あとでちゃんと調べて曲名を知らせます。(*) 宗教的という以上に狂気じみていて、ほんとうにぼく好みだった。「富士山麓」六月号も読んでメールします。

東　宏治

（*）（後日注）後日、このCDを見つけラベルを見ると、Oigeng Chanという中国人らしい作曲家の「ヴェールをとられたイリス」だった。自分の記憶の仕方に改めて愕然。

『たけくらべ』／『蹴りたい背中』

件名　『たけくらべ』／『蹴りたい背中』
宛先　さっちゃん
日付　2016年6月16日

さっちゃん
メールありがとうございます。携帯はかなり慣れて来ました。（同年代の）友人に、やっと携帯をもったよと、番号のお披露目をかねて連絡すると、多くがガラケーだと分かり驚きます。「一気に追い越された。いやあ参りました！」と（これは中田くん）言われ、三周遅れでトップに立った気分です。何周か遅れていた後進県が、若者たちのエコ移住とＩＴ企業設立で、急に先端地方の模範県と持ち上げられているみたいな。

お元気そうですね。方山さんのご主人が同郷、同じ高校の同級生だったとは知りませんでした。なんとなく、東京で知り合って結婚したのかなと思っていました。岸田さんのことは君から時々聞いていますが、今たまたま『たけくらべ』を読んで（聴いて）いるので、これもなんとなく、「みどりさん」のことを連想しましたが、娘義太夫で子どものころから有名人だったイメージがあるからなんでしょうね。ちなみに、いまごろ、しかも現代語訳で、聴いている『たけくらべ』、しょっぱなはやはり原典で読まないとなあという感想でしたが、進むにつれて、さすがによく書けていると感心しました。（『蹴りたい背中』を書いた　りささん、苗字がでてこない、と同質の才能を思い浮かべます。）源氏を現代語訳で聴いても、やはり凄いことがわかるみたいに、です。外国文学を翻訳で読んでも感動するのとも同じですね。もちろん原語で読むと別の体験をしますが。外国語で読んだり書いたりすることは、その言語で考えていることなので、それは創造的なよろこびですが。

思いがけず長くなりました。さっちゃん、まだ書くことがある気がすることを書いてくださいね。

東　宏治

追：綿矢りささんだと、いま思い出しました。

母のこと／『漱石とその時代』

件名	母のこと／『漱石とその時代』
宛先	パスカルくん
日付	2016年7月9日

パスカルくん

すっかりごぶさたしていますがお変わりありませんか？　こちらは元気です。母も幸い頭もボケず口も達者で、歳相応に勝手な非論理と勝手道を通していますが、歩行は車イスでないとだめになりました。現在バプテスト老健という、原則三ヶ月間で他施設へ移るという所ですが、すでに九ヶ月になります。どこかゆく先を見つけなければならないのですが……。

●ぼくは最近ひょんなことで江藤淳『漱石とその時代』（全5巻）を聴きはじめ、現在3巻目の終わりあたりです。君は作品と伝記を読むのを方針としているとのことだったので、漱石の伝記はご存知かと思いま

すが、ぼくは彼の神経症だか神経衰弱が事実だったのかと分かり、遅まきながら驚いていま
す。江藤のこの評伝を読んでいると、気分が暗くなってきます。「ユーモアと自由な精神と
女性への敬意」という前に君にメールで書いた感想は、彼の文章からそう感じるのだから変
える必要はないわけですが、裏でこんな悩みをもっていたのかと認識新たです。食わず嫌い
でずっと来てしまった理由の一端がわかってきました。

とりあえずはこのへんで。

東　宏治

緑内障を説明すると

件名　緑内障を説明すると
宛先　上杉省和様
日付　2016年7月18日

上杉省和様
心温かいメールをありがとうございました。じつは前便（＝ご本への感想文に対して頂いた返信メール）のすぐ後、次のような返事を途中まで書いて、日常の忙しさにかまけ中断させていました。横着ですが、ＩＰＳ細胞がぼくの文にも出てくるので可笑しくなり、そのまま使わせてもらうことにしました。

＊＊＊上杉省和様
さっそくのお返事ありがとうございます。上杉さんは黄班変性症の由ですが、ぼくの場合は緑内障です。ご存知かもしれませんが、視神経細胞が徐々に死んでゆくもので、細胞がなくなった部分の視野が欠けていきます。視野検査というのを受けられたことがおありですか？　検査の結果、欠け

ている視野の部分が、子どもが寝小便してシーツに描く地図みたいに表れます。ぼくのケースは視野全体の下部に寝小便の島が描かれています。よく「緑内障って視野が狭くなるのでしょう?」と言って、ある種の表情を浮かべるひとがいます。きっと半開きの雨戸から見える景色を想像しているなと思うので、いや、視野180°+アルファ、普通に見えているんですよ、と答えると、大抵のひとが意外という顔をする。幸い正常な視神経細胞は何十億個あるか知りませんが、その一部が少しずつ死んでいっても、視野が真っ暗に、あるいは真っ白になるには時間がかかります。ぼくはひとに説明する上手い比喩を思いつき、いささか得意になっています。それは視神経の細胞はデジカメの画素みたいなもので、若くて正常な眼には無数の数の画素が備わっているのですが、緑内障になると、だんだん画素数が減っていくようなものだ、といった喩えです。昨今のデジカメやディスプレイの進歩とは逆の道をたどります。ぼくは精巧なコピー機で本物かそれ以上に国宝の「風神雷神図」を再現したといったニュースを聞くたびに、人間の眼を画素数で表現出来るとしたら、いくら位になるのだろうな?!と周りに問いかけて笑われています。……

＊＊＊（ここから今回の追加です。）そんなわけで、緑内障に関しては上杉さんが言われるようには、どんな名医でも、手術はもちろん治療法もないのが現状だそうです。（NH

Kのラジオ番組「からだの健康」でそう言っていました。）それでも現実には治療法として、眼圧が高くて緑内障になっているひとに、眼圧を下げる目薬を投与して進行を遅らせるか、涙腺（正確ではありません）の出口を手術で広くして房内の水圧（これも正確ではありませんよ）を下げて眼圧を低くすることはたまにあるそうですが、残念ながらぼくの眼圧は常に低く、正常値とされる9～11なのに、眼圧を下げる目薬を与えられています。副作用がたくさんあるので、あるときから三ヶ月ささずに検査し、さらに六ヶ月、そしてとうとう一年、と眼圧が9～11であることを確認しました（笑）。わが身をもって人体実験したわけです。主治医の先生の話を受け売りして言えば、希望は緑内障を引き起こす遺伝子を早く見つけて、それを抑える薬をつくるか、IPS細胞で視神経細胞を増殖することですね。ぼくらの世代には間に合わないでしょう（笑）。ぼくが科学者だったらとよく思います。ちなみに（1）全国にたくさんいる緑内障の患者のうち、眼圧が低いひとは全体の半数だそうです。（2）また問題（副作用のこと）の多い目薬ですが、血流を良くするというメリットもあるよ、と先生が言うので、本当にときどきさしています。（3）上杉さんの黄班変性症について何も知りませんが、網膜上の疾患のひとつなら、神戸の理化学研究所でIPS細胞をガーゼ状にして患部に貼り付けるという人体臨床応用が行われていることは、もちろんご存知と思います。黄班変性症にその種の療法が可能になるのではと思います。

●障害者手帳というのをもらっているおかげで、サピエ図書館というＨＰにアクセスでき、ずいぶんたくさん、これまで読めなかったような、定年後のたのしみと考えていたような本を耳で聴くことができています。例えば萩原延壽『遠い崖　アーネスト・サトウ日記抄』。全15巻を揃えていましたが、第1巻のみ読んだあとは断念していました。サピエで見つけた時は本当に喜びましたよ。最終巻の音訳は現在進行中ですが、そこまでは一気に聴き続けました。読書のよろこびが復活した思いでした。大佛次郎の『天皇の世紀』（残念ながら萩原ほどの情熱を感じない）や今回の『漱石とその時代』など、おかげで幕末、明治のことに大分興味をもつようになりました。

ながくなりました。打ち間違いが多いと思いますがお許しください。ぼくはめげない人間ですのでご安心ください。上杉さんもどうぞご自愛ください。

お礼かたがた

東　宏治

件名　読み上げ入力／口述筆記／スタンダール
宛先　木佐木くん
日付　2016年9月14日

読み上げ入力／口述筆記／スタンダール

木佐木くん

メールをありがとう。結構忙しくてなかなか返事が書けませんでした。と言いながらも、最近、ご存知のように、上杉さんとのメールのやりとりが多くなっています。話題は大抵が視力の話です。君は目がよくて羨ましく思いますが、彼もぼくも読書がなくては多分生きていけないたぐいの人間なので、こんなことになっています。

ところでぼくは最近やっとＭａｃの音声入力を利用することを覚えました。これまで利用するのは読み上げ機能ばかりだったのです。今このメールも音声入力を使って書いています。いわば口述筆記みたいなものですね。それで思い出すのは、スタンダールが確か『パルムの僧院』を口述筆記でやったことです。同じ口述筆記なのに、彼の文体と違って、このやり方によるぼくの文体は、とても饒舌になった気がします。Ｍａｃのこの機能は（↓かなり）よくできていると思います。ここまでのところ、ほぼ正確に変換してくれているからです。ただやたら漢字に変換してしまうので（↓閉口します。）例えばぼくはひらがなでぼく（↓ぼく）としたのに、いつも幹事（↓漢字）の「僕」にされてしまいます。（↓）はもちろんぼくの修正ですが、（↓かなり）の部分は、それまで順調に変換していたのに、そしてこちらもこれまで同様ゆっくり発声しているのに、なぜかここだけ飛ばして「よくできています……」とつづけていたことです。思わず笑いました。まるでこんな評価が不満であるかのように見えたからです。（↓閉口します）の箇処でも、似たことが起りました。」無論ぼくはアニミストではありません。……といった具合に、ぼくは饒舌になっています

ここで本題ですが、ぼくはフランス語の紙の辞書を使うことがとても苦痛になっています。それでパソコンにフランス語の辞書をインストールできたら、画面を拡大して読めるので助かると思うのですが、そんなアプリを見つけることができません。君はすでにパソコンで利用していないかな、とお尋ねする次第です。もしご存知でしたら教えてください。

機械に誤解されないようなしゃべり方になってしまい（例えば日常で、相手が幼児だとか

超老人だとつい口調が変わるみたいに)、変な書き方になってないかと心配しながら、今日はこの辺で。

東　宏治

追：君のように二四時間、思考や感覚を俳句にしようとする精神は、日常生活に健全さをもたらしていると思うよ。ぼくも似たようなものだけど。

運転免許証／夢のメカニズムなど

上杉省和様

免許証のことですが、ぼくはちょうど65歳の定年時に免許書き換えの時期で、免許センターへ出かけたところ、視力検査の際0.7以上というのにわずか足りず、試験官にメガネを作り直してきたら大丈夫ですよと言われましたが、相談した眼鏡屋さんに、作り直してまでして免許証を取らないほうがいいでしょうと忠告されました。長年の付き合いのメガネ屋さんなので、とても率直な、正直な、友人のような意見でしたよね。(笑)

ぼくはもともと定年で運転はやめようと決めていましたが、ペーパードライバーとして免許証を持っていれば、災害時に村の(団地の)消防車を運転するなどのお役に立てるかとも考えていたのです。

件名　運転免許証／夢のメカニズムなど
宛先　上杉省和様
日付　2016年9月17日

比叡平からはバスで銀閣寺まで15分、三条京阪まで30分の距離なので（ただ発車便数は少なく一時間に一本なので、お客さんには不便です）、上杉さんや木佐木くんのお宅のような、車が必需品という事情では幸いありません。また、四代続いた飼い犬たち（といってもすべて元野良犬でした）のおかげで数十年近く続いた散歩も途絶えた今、徒歩とバスで暮らすのはちょうど良いかもしれません。

●運転しなくなって、時々夢の中で運転している。ふと、あー免許証がない、と思い出してどうしようかと困っている（笑）。ぼくは夢のメカニズムにとても関心があるので、さてぼくはどうするのかなと思っていると、夢の仕組みからして場面が切り替わってしまうのです。これがまさに「逃避」の映像化ですね。

25歳から45歳まで続けたパイプタバコを、45歳で胃潰瘍になったとき、全く未練もなくやめてしまいました。それから十数年も経って、夢の中でモクモクと煙を吐きながらパイプを吸っていることがありました。そのとき、罪の意識から吸うのを中断するようなことは、その夢の中で起こりませんでした。これは逃避などをする気が全くないということですね。そのかわり、夢の中でタバコを吸っていると、現実のぼくの肉体になんらかの悪影響をあたえることがないのだろうか（心身症の患者がいるように）と、その夢の中で考えていました。

困った状況から逃避する車の夢は、ぼくの社会的な小心さを、タバコの夢はぼくの科学的な哲学的な探究心の、それぞれ象徴化だったかな、と思います。後者はちょっとええ格好しすぎかもしれません。

思いがけず話が脱線しました。追加ですが、障害者手帳をもらっていろいろいいことがあったと書きましたが、サピエにアクセスできるといった行政的社会福祉面の恩恵のことだけでなく、障害者への偏見（自分のなかにもある）とか、福祉行政の欠陥などに気づくといった勉強をできるということも含んでいます。そんなこともお会いしてゆっくりお話できるといいかなと思っています。

草刈り機を使っていて石を飛ばし自分の顔や目に当たることもありますよね。ご注意ください。

ではまた。

東　宏治

リベットとデカルト

件名　リベットとデカルト
宛先　寅彦さま
日付　2016年9月20日

寅彦さま
返事をありがとう。論文は初見です。当時（京都ホテルで会っていたころ）まだ書いていなかったのでは？　PDFをテキストに変換して読み上げさせるので、多少時間がかかるかも。新書版はぜひ仕上げてください。
リベットの実験は君のまとめ通りだと思います。実験のためにああいう時計を思いついたとき、リベットはやった！と思っただろうね。
ただ、意識化するのが500㎜秒後だか300㎜秒後だか、ぼくにはまだはっきりしないでいます（目でちゃんと読みたいよ）。本の図版ページを拡大コピーして、それを見ながらもう一度聴き直すとはっきりするかなと思っています。ぼくの内的動体視力によれば、連想の速度は1秒の半分か数分の

1だから、500㎜秒、300㎜秒どちらであっても納得するけどね。

デカルトとの架空対談は、もちろんあの本の最後のほうの章にあります。なぜデカルトか。著者の実験結果とデカルトのコギトとの調整をしているのだと思います。自由意志の否定に、あるいは決定論の論拠として、リベットを援用するひとは、彼の実験結果を単純に援用しているだけで、実験のもつ意味をリベットのように深く考察していないと思うよ。

ではまた。

東　宏治

司馬遼太郎／八木一夫

件名　司馬遼太郎／八木一夫
宛先　木佐木くん
日付　2016 年 12 月 8 日

木佐木くん
メールありがとう。返事遅くなりました。
「一〇〇分で名著」で早速第一回を観ました。中沢新一を見るのは初めてなので興味津々でした。しゃべっている三人がちぐはぐでしたね。肝心の『野生の思考』ですが、まだ初回なので、まああんなものかと。TVでは美術や文学の話がこちらの心底に伝わることはなかなかむずかしいなといつも思いますが、以前「日曜美術館」のアーカイブ放送で「八木一夫の世界」というのをやっていて、ゲストは司馬遼太郎でしたが、進行役の二人とちぐはぐをやりながら、司馬が自分の考えをこちらにちゃんと伝えるのに感心しました。司馬は終始、八木一夫は天才だ天才だというだけで、具体的なことは一切言わない。進行役が困っていろいろ世間的な評価を引き合いにだしては司馬から何かの同意を引きだそうとするのですが、司馬は適当に相槌を打つだけ。最後に、「八木一夫は天才でしたね。天才というのは生きることでそれを示すんです。」「後世にずっと残りますか？」すると司馬があっさりと「いや、おそらく残らないでしょう。」で終わるんです。ぼくは思わず笑いたくなるほど感動しましたよ。

こんな風に考えを伝えるというのは本当にむずかしいだろうと思います。

ほかに書きたいこと、聞きたいこと〈ネットでの辞書のことで〉があるけれど、またあとで。あたらしい君のＨＰのことも。

東　宏治

お孫さんのブラバンはどうでしたか？　おじいちゃん！

件名　お孫さんのブラバンはどうでしたか？　おじいちゃん！
宛先　井上くん
日付　2017年1月4日

井上くん
メールをありがとう。画像ファイルが開かなかったのは残念です。プリンターの機嫌をとって葉書で送るようにします。
と、ここまで書いて来客（近所の人）があり中断していたところ、そのひとがPCに詳しいので事情を話したら、すぐプリンターを動かしてくれました。それで寒中見舞を葉書で送ります。
君の「長男の長女」がクラリネットをやっているというのを読んで、よく考えると、君のお孫さんじゃないか（笑）。いまはブラバンでも将来が楽しみですね。たしかヴァイオリニストの君の姪御さんみたいになるかもしれません。べつに演奏家にならなくても続けてくればきっと楽しいだろうね。おじいちゃんやおじいちゃんの友達（ぼくのこと）と三人でアンサンブルできるから。ではまた。

東　宏治

そばぼうろのお礼／ど忘れのメカニズム

件名　そばぼうろのお礼／ど忘れのメカニズム
宛先　さっちゃん
日付　2017年1月6日

さっちゃん

今回は余計な買い物までさせて申し訳ありませんでした。一昨日、宅急便が届いた直後、雨のなか客があり（前にもお伝えしたように大学の最初の教え子の一人）早速そばぼうろを一緒にいただきました。いつもと変わらぬ味で、どうしていつも同じ味になるのかと不思議にも思いますが。（もちろん秘伝のレシピが伝わっているのでしょうが。）

ところでなぜ歳をとると、知っているはずの名前や言葉が出てこなくなるのかについて、きわめて自己流の説明をイノダコーヒーでやりましたが（基本文型SVOのOに来るべき名詞の記憶の引き出しには、圧倒的に多数のことばが入っているからだ。主語や動詞の選択すべき語の数に比べれば、と)、それを思いついた時メモした「思考の手帖」のなかでもっと上手に説明してあったはずと思い、そのページを探したのですが、自分の手書きの文字が自分で判読できないのです(笑)。

そんなわけで、今日は取り急ぎお礼のみで。

ご自愛下さい。

東　宏治

森敦『われ逝くもののごとく』

件名　森敦『われ逝くもののごとく』
宛先　上杉省和様
日付　2017年1月14日

上杉さん
拡大鏡情報ありがとうございました。液晶の据え置き型というのは、以前お話した、吉本隆明の書斎にあったもの（もちろん雑誌で見た）に近いのではと想像します。

ところで先便で書きもらしたのですが、去年師走に森敦の『われ逝くもののごとく』という長編を聴きました。すでにお読みかと思いますが。長くて全編、同じように集中して聴けたというわけではありませんが、端正な『月山／鳥海山』と違って、ある種ドストエフスキーふうな（というのが、ぼくがある種の作品を評するお気に入りの文句で、聞きあきたかもしれません）混雑し、錯綜した複雑な現実の再現を試みているようで感動しました。村人たち、住民たちが、つぎつぎとやたら容赦なく死んでゆきます。森敦晩年の作品なのでしょうか？（といっても、もともと遅いデビューのひとなので、月山からして晩年作なのかもしれませんが。）

明日あたりそちらは大雪かもしれませんね。どうぞご自愛ください。

東　宏治

目でする読書、耳でする読書

上杉さん

画像が届いて一安心。今後のいい勉強になりました。描いたのは近くの小さなカフェです。森敦のあの本は600ページありますよね。なんとか上杉さんも音訳図書を聴くことができるようになるといいのですが。ぼくは、初めてサピエ図書館にアクセスできたとき、読書のよろこびが蘇る思いがしました。もちろん目で読む確実さ、いろいろな意味での「情報」量は違いますが。

昨日からこちらはひさしぶりの大雪です。大雪と言っては北国のひとたちには笑われますが。

ご自愛ください。

東　宏治

件名	目でする読書、耳でする読書
宛先	上杉省和様
日付	2017年1月15日

件名	お作を写真で拝見しました
宛先	さっちゃん
日付	2017年1月15日

お作を写真で拝見しました

さっちゃん

御作を写真で拝見しました。どれも（油彩も水彩も）同じような淡いグリーン系の色調がまず意外でした。（ぼくも何故かグリーンが多い。）ピカソの「青の時代」という風に、後に「サチコの淡緑（あお）色の時代」と言われるかもしれませんね。この印象のせいで、最初はよくわかりませんでしたが(*)、じっと見ているうちに、描いている人の見ている風景が奥行きや広がりを伴って見えてきました。ぼく個人的には（想像がつくと思いますが）こんなにたくさんの細部をかき込めないと思いましたが。描き込めないのはぼくの力不足かもしれないし、ぼくの内的な要請でもあり、ここがそれぞれ、個性というものですね、多分。先生は君の絵をどう評されるのか知りたいですが、もちろん何も言わないかもしれません。

ところでここ二、三日、よく降り、積もりました。そちらはいかがですか？　基本的には毎週月曜に母のいるバプテスト老健へ洗濯にゆくのですが、昨日は取りやめました。今日もどうなるかと思います。

ではまた。とりあえずは印象を書きました。健筆を祈ります。ぼくも、今年限りで画廊を閉めると、あの銀閣寺のアートライフみつはしさんが言っているので、第二回スケッチ展を目指すつもりです。

東　宏治

（＊）この最初に見たころには、武蔵関のセザンヌ風の湖水風景が気に入りました。ほんとにいろいろなところでスケッチをしているなと改めて認識しました。

質問：ＵＲＬやタイムマシーンなどの仕組み

本田夢穂様
メールありがとうございます。今回の詳しい解説をとてもよく理解することができたと思っています。朝起きて、まずメールで送られてきた朝日デジタルの「今日のトピックス」の二点の簡単な紹介を読んで、そのＵＲＬをクリックして本紙に移った瞬間でてくる頭のＵＲＬに違和感をもちました。メールで指示していたＵＲＬと、移動先の本紙記事のＵＲＬとが異なっているのです。違和感をもったまま、目はすぐその本紙の記事に移動していました。夢穂さんがされた例示のおかげで、その違和感が鮮やかに氷解です。

●ところで更なる疑問ですが。ドメイン名をもつ大きな組織や企業が、

件名　質問：ＵＲＬやタイムマシーンなどの仕組み
宛先　本田夢穂様
日付　2017年2月19日

また個人のＨＰなどを管理するサーバーなどが、例えばhttp://news.asahi.com/というドメイン名の以下のレベルのＵＲＬがバッティングしないように内部で管理監視注意すればいいし、またそうする責任があると思いますが、

また同種のことはメールのアドレスがバッティングしないように、メールサーバーが（例えば大学で勤務していたとき、@mail.大学名.ac.jpというのがドメインに相当し、@の前にあったazumaという個人識別名や事務室なら部課名がバッティングしないように）管理する義務がある、といった仕組みになっているのかと思いますが、そうしたドメイン名をもつ組織を管理する組織は（ドメイン名がバッティングすると困りますからね）どのような歴史や経緯、名称、さらにスタッフをもっているのですか？　仄聞するところでは、ネットの世界では国連のような組織をもたない無法のしかし）自立した秩序がある（たとえばWikipedia）ように思えるのですが。

●これはQ&Aとは無関係の質問ですが……。iPadをバッテリーがゼロになるまで使っていて初めて意識したことですが、iPadやiPhoneの記憶媒体は何なのですか？　ＰＣのようにハードディスクが入っていると思えません。また、フラッシュメモリーとも呼ばれるあの小型のＵＳＢという記憶媒体はどういう仕組で0と1の信号を保存しているのですか？

●タイムマシンというアプリはMacにしかないとは聞きますが（本当ですか?）、これはそのPC内のすべてのファイルを自動的に時系列でバックアップしてくれるものです。ふだんはその存在を忘れているのですが、比較的最近二度もお世話になりました。どちらも不注意で（たぶん）ゴミ箱に捨ててしまったファイルを、それらが確実に存在していた、たとえば昨日の夕方6時に、あるいは一ヶ月前に遡ってそれらのファイルを見付けだし復元するのです。リアルタイムで使っているPCのデータがそのまま外付けハードディスクに保存されているのはわかりますが、知りたいのは、「タイムマシン」というアプリの仕組みです。一度作られたあと手を加えられないまま保存されているファイルなら別にタイムマシンなしに見つけられますが、例えばファイルメーカーでぼくがつくった日記は毎日書き加えられます。その新しい書き込みのすべてが、365日分のデータをそれぞれの日付で保存するのは容量のことを考えると、一日分×365?と考えると、たいへんです。

また日記とは別のケースを考えてみます。五年前に作ったファイルを二年前に手を加えたとして、そのファイルを三年まえに遡って再現し、一年前に遡って再現したとき、それぞれが正確にその時点の状態を再現するということを考えると、その仕組みを理解しないと気になって仕方ありません。寝られないとは言いませんが（笑）。変更を加えたデータだけをその年月日時間を付けて保存し、タイムマシンからリクエストされた時点でそのデータを記入して表示するのでしょうか？　そんなのは却って大変な気がしますが。ともあれ、もしご存知あるいは見当がつくようでしたらお教えください。もちろん急ぎません。

東　宏治

「晩年や前途洋洋大枯野」

件名	「晩年や前途洋洋大枯野」
宛先	木佐木くん
日付	2017年4月30日

木佐木くん

晩年や前途洋洋大枯野　敏光(*)

この句を去年メールでもらったとき、すっかり気に入って、ぼくの年賀状に引用させてもらうつもりが、Photoshopを使って自分のスケッチを画像処理にも（毎年のことながら）四苦八苦するうちに、時間的にも、気持ち的にも余裕がなくなり、断念しました。来年に使わせてもらうよ。

ショートショート風の若いころの作品を読むと、学生時代の君のことを思い出しました。（これを実際に書いたのはいつの頃か知らないけれど）

こんなことを書きそうな傾向を感じていたし、（実際に読ませてもらったような）気がするよ。君の句にも、そんな性向の滲むものが散見するね。

そんな感想を書こうと思ったまま、日常生活で忙しくて返信が今頃になりました。何が忙しいのか?! 思うに昔なら少しでも早く処理して仕事をしたい、と焦る思いで対していた日常茶飯事が、年齢?とボケ（これは確か）のせいで、時間をかけさせられているということです。ぼくは主婦業もぜんぶやっているのが大きいと……。泣き言をいいました。ではまた。

東　宏治

（＊）（後日注）佐々木敏光句集『富士山麓晩年』（邑書林）所収。わたしは翌年度の年賀状で引用させてもらいました。

OfficeLens を使って本や文書を読み上げさせる

件名　OfficeLens を使って本や文書を読み上げさせる
宛先　宇崎哲也様
日付　2017 年 5 月 4 日

宇崎君
メールと電話をありがとう。6時に目覚ましで起こされて、ベッドでの儀式（自己流のストレッチめいたもの）をやって、さきほどメールを開きました。添付をあけると、綺麗な縦書きページが現われ、しかも選択して読み上げさせると、なんとうれしいことに、縦書きページのまま音読してくれる！

これでどんな本も、この OfficeLens（オフィス・レンズ）で電子本ができるわけです。単純作業にひたすら耐える忍耐力さえあれば。少なくとも当座、例えば市役所からくる母やぼく自身あての文書を読み上げさせられるのはありがたい。

自分のiPadで「追試」してみます。また報告します。

東　宏治

追・ついでながら音読される「あひるの夢(*)」を聴きながら（自分のことながら／他人の夢の報告を聞くみたいに）面白いと思いました（笑）。

（＊）（後日注）「あひるの夢」はわたしが自著『ぼくの思考の航海日誌』p. 21のなかで披露している自分の見た夢。宇崎くんがその本のページをiPadで撮って、OfficeLensという一種のOCRアプリを使ってデジタル文字化して添付ファイルで送ってくれた。受け取ったわたしがそれを読み上げさせられたことを報告しているのがこのメールです。

コンピューターのむずかしさ／京都・金福寺のこと

件名　コンピューターのむずかしさ／京都・金福寺のこと
宛先　本田夢穂様
日付　2017年5月21日

本田夢穂様

いつもながらご丁寧なお返事ありがとうございます。本田さんにもご不明な部分があるとうかがい、コンピューター（に限りませんが）のむずかしさ（＝全体をひとりで把握することのむずかしさ）を真面目に考えてみなくてはと思います。それは、ぼくのような文系にとっての、という意味よりも、また単に仕組みが複雑だからということでもなく、機械として駆動する原理や仕組みはむしろ単純であったはずなのに、気がつくと専門家にとっても細部の全てを把握することがむずかしいものになっているのでは？、という直感です。

きっかけは、ぼくもパソコンやアプリの身近なトラブルについて、サポートセンターに電話でかなり頻繁に質問するようになったことからです。最初は、例えばApple Supportセンターでの用語を借りると、「担当者」が解決策をマニュアル風に教えてくれますが、そこで解決しないと「スペシャリスト」に交代していろいろな解決策を試みてトラブルが解消します。ぼくの場合、具体的に解決しても、(本田さんもご存知のように)できれば原因や理由や原理を知りたがるのですが、大抵わかりやすく答えてもらえます。ただ一度だけ、これで解決しない場合は「技術者」がお宅へ伺ってパソコンを直接点検するケースもあります、と言われて(幸いそこまでには至らなかった)、知識の三つの段階を理解したのです。もちろんこれは企業の消費者対応の能率化のシステムだとわかりますが、ひょっとして拙宅を訪問した「技術者」にも解決できず、会社に持ち帰る場合や、最近よくあるように「基盤」をすっかり取り替えるといったケースも、ぼくは想像したのです。昔のように部品を修理したりできないのは、経済性の理由だけではないと思います。

もう一つのきっかけは、(もっとよくわかった気がしたのは、)あるノーベル賞科学者が別のノーベル賞科学者のことを、彼はすごいよ、コンピューターのことがわかるんだから、と言うのを、何かの本で読んだときです。具体的に二人の名前をあげないと、一般人の会話みたく聞こえるかもしれませんが。

本田さんにこんな話をするのは釈迦に説法ですが。

先般の京都旅行の際ご案内した金福寺のことを考えると申し訳なく思います。頑固な住職がいなくなり（亡くなったのではないそうですが）、蕪村の芭蕉像が別のものになっていたり、芭蕉庵や蕪村墓あたりから遠望できるはずの京都の町並の眺めが、生い繁る樹木の葉でほとんど隠されてしまったり、寺も庵も庭も手入れされず荒れていたのが、残念でかつ痛ましい思いでした。もともと観光客が少なく、維持ができないのかもしれませんね。今回がぼくにとって多分四回目の訪問になると思いますが、気がつくと前回から二〇年以上が経っています。ぼくは厚かましい人間なので、二〇年なんて昨日のことなんでしょう。でも逆に三〇年会わなかった友人と出会っても、昨日別れた友のようにおしゃべりを再開できるということです（笑）。

長くなりました。また何かわかりましたらお教えください。

東　宏治

ディープ・ラーニング？

件名　ディープ・ラーニング？
宛先　宇崎哲也様
日付　2017年5月24日

宇崎くん
今朝、自分が保存していた、例の「AIは人間の脅威か」という記事を偶然見つけ、読み直して（聴き直して）みました。ソニーの北野宏明というひとが、「二つの方法を組み合わせたことが、急速に強くなった秘密だと思います。まず、『深層学習』という機械学習です。人間の脳の神経回路を真似た仕組みである『ニューラルネットワーク』を多層的にしたもので、非常に高い精度のパターン認識ができます。これで盤面を理解し、打ち手のパターン分類を行います。そのうえで、勝利する確率が高い手筋を候補として残す『強化学習』を使うことで、打ち手を決定するのです」と言っていることに気づきました。

この「人間の脳の神経回路をまねた仕組みである『ニューラルネットワーク』を多層的にしたもの」という説明で「ディープ・ラーニング」のことが少し見当つきました。最初に読んだとき、なぜこの文章に気がつかなかったのかと思います。

耳で聞くのは、二、三度くりかえさないと記憶に訴えない、思考を目覚めさせないということですね。

とり急ぎ要件のみ。偶然再読（再聴）できたのは、生協のネット注文が思いがけずスムースにおわったおかげです（笑）。

東　宏治

追：でもしばらく時間がたつと、その真似たと言う「脳の神経回路」ってどうなっているのか、知っていたつもりでなるほどと思ったけれど、結局どちらも、（脳のもコンピューターのも）わかってないことに気づきました。（笑）こんどは、「ニューラルネットワーク」を、例えば模型みたいにして具体的なシステムを、誰かに説明してもらえると、人間の脳の神経回路のことがわかるかも。こんなふうに考えてみると、ぼくがほんとうに知りたいのは、人間の有機的な仕組みだと思います。

金福寺

件名　金福寺
宛先　本田遥子様
日付　2017年5月25日

本田遥子さま

ご丁寧なメールをありがとうございました。諸田玲子の本のことは全く知りませんでした。金福寺がぼくを以前よろこばせてくれたような姿で、お二人をお迎えできればよかったのですが。

それにしても、遥子さんは本当にすたすたと、ぼくらの先を歩かれていました。夢穂さんが後日を案じるふうな独り言をつぶやかれていましたが、ぼくは元来楽天的なのか、もうお脚は大丈夫になられたのだと拝見していました。どうぞご自愛のうえ、気長に養生なさってください。

これは余計なため口ですが、自分でも思いがけない体験をしたと思えるときは（例えば、自分としては異例な夢を見たとか）、そのことをあえてぼんやりと、斜めから見る（思い出す）ようにすると、案外ささやかでも、まさに意外な発見がありますよ。うまくいけば複数個。

ではまた。

東　宏治

●人生の友たちへのメ〜ル　No 110

君のほうが本当の奥の細道

件名　君のほうが本当の奥の細道
宛先　木佐木くん
日付　2017年5月31日

木佐木くん
メールをありがとう。木佐木版奥の細道山形篇、尾花沢、最上川、羽黒山、封人の家、尿前の関と名前をきくたびに、それぞれが思い出されます。でも何より感心するのは、ぼくらの場合バスをチャーターして手際よくまわれたのに対して、君たちの場合はどのように乗り物を乗りついだのだろうと、感心しました（まさか車?）。どちらにしても芭蕉の旅に近いのは君のほうです。

このところ、何がということなく忙しいです。前にも書いたか（笑）。また句集にまとめるとのことでしたね。楽しみにしています。活字は大きいほどいいけど。

ではまた。

最近deep learningのことをよく知りたいと思っています。

東　宏治

ジューン・ブライド／司馬遼太郎／外村繁の信仰心

件名　ジューン・ブライド／司馬遼太郎／外村繁の信仰心
宛先　上杉省和様
日付　2017年6月14日

上杉さん
メールありがとうございました。こちらは六月に入って、まるで五月と逆になったような好天と寒さが続きます。ある意味で爽やかなjune brideってこういうのかなと思います。例年の日本だと「梅雨の花嫁」になりかねませんが。比叡平村ではいつも六月にやっと咲く「さつき」が、名前通り五月に咲き始めましたから。
近江八幡といえば、最近ずっと聴き続けている司馬遼太郎の『街道をゆく』が今24巻目で、近江商人の話になり、たまたま外村繁の生家に出会う記述があり、ちょうど上杉さんの去年の旅行のことを思い出していたところでした。司馬は外村の信仰心（浄土真宗？　時宗てことはないでしょうね？）を心底に認めて高く評価して、その後読まれなくなっていることを惜しんでいます。

といった按配でぼくも変わらず元気ですのでご安心ください。視力も一進一退です。（と今、不注意に言って笑いました。徐々にしろ悪化するしかないので、一進一休ですかね。）ぼくはむしろ上杉さんの眼のことをいつも案じています。注射は痛々しいし、あの拡大鏡で激しい読書をしてられると考え、心痛む思いなのです。外から見ると、お互い同病相憐れむの図かもしれませんが……。

ではまた。お元気で。

東　宏治

富士山麓訪問の件

件名　富士山麓訪問の件
宛先　上杉さん／木佐木くん
日付　2017年7月18日

上杉さん　木佐木くん

ぼくのことで、しかもだいぶ先の話のことで、こんなに早くから、おふたりをわずらわせて恐縮で申し訳ありません。おふたりの往復メールも読ませてもらったので、ぼくの考えも（木佐木君とは電話で話しているので）このメールは主に上杉さんに書いているつもりです。木佐木君には大きすぎる文字かもしれませんが、ＣＣで送られてきたと思ってください。

山中湖での奥の細道ミニ同窓会の経緯は端折りますが、ぼくの心づもりでは、

●11月6日の昼過ぎに山中湖のホテルにメンバーが集合して、宴会（夕食？）をやった後、近くにあるメンバーのなかのご夫婦の別荘に移ってカ

クテルパーティー。その後、ホテルに戻って宿泊。
●翌11月7日のチェックアウト後(メンバーはここで解散です)、ぼくは木佐木くんの提案にしたがって、河口湖にある富士山駅に向かい、そこから新富士行きの急行バスに乗り、白糸の滝で下車して木佐木くんの車で拾ってもらい、とりあえず田貫湖休暇村でチェックインの手続きをしたあと、必要があれば昼食をすませて、上杉さん宅にお邪魔して果樹園を拝見し談笑。夕刻にどこかのレストランか食事処で早めの夕飲食と語らい。あと木佐木君には悪いが田貫湖に送ってもらい宿泊。

という風におおまかな日程を考えています。翌8日は、ぼくは適当な時間に、新富士宮駅に。田貫湖からバス便で向い、早目に京都に帰りたく思っています。

おふたりの好意に十分厚かましく甘えつつ、おふたりの時間的犠牲を極力小さくというのが矛盾したぼくの基本的な気持ちです。以前京都で上杉さんとお会いした時の打合せや、やりとりのメールで、上杉さんが比叡平に行ってもいいと言われたさい、ぼくは交通の便が悪くとんでもないという答えをしたと思いますが、後で上杉さんが、昔、比叡平に友人を尋ねてこられたことがあったとうかがって、来てもらえばよかったかなと後悔しました。それをぼくが上杉さん宅の果樹園を拝見しに行くことで埋め合わせようとするのは、ぼくの矛盾した反応ですが（笑）。木佐木君にもこんな矛盾したところ（倒錯した気遣い）がある気がしますがね。

長くなりました。このメールはこれくらいで。

東　宏治

かりんと太田愛人

件名　かりんと太田愛人
宛先　上杉省和様
日付　2017年7月22日

上杉さん
今日午後に果樹園からのプレゼントが届きました。ありがとうございます。早速すももを一個いただきました。すっぱくなく、嚙みしめるうちに人間的な味がしてきました。先入観からかもしれませんが、自然なものを食べているという思いが（当たり前ですが）。むかし読んだ太田愛人という牧師のエッセイストが、かりんを一個、誰もいない部屋に置いて、ほのかな香りがしてきたときに、そんな言い方をしていたような気がします。

とりあえず取り急ぎお礼まで。サプリメント試してみます。感謝します。

余談ながら、小包の「端正な」姿に、送り主の生き方を感じましたよ。

（思わず笑）

東　宏治

No 114

ご退職のよし

件名　ご退職のよし
宛先　横川浩子様
日付　2017 年 7 月 31 日

横川浩子様

ご連絡ありがとうございます。

講談社を早期退職されても、NPOで同じ絵本の仕事に携われるとうかがい、横川さんの通った一本の「背筋」を感じて、勝手にうれしく思いました。（ぼくなりにささやかな意味をこめて、歳がいっても（高齢って意味でなく）変わらぬ「ほんまもん」と密かに呼んでいる人たちがいて、これも勝手に、勇気づけられています。）ぼくの本や書いたものは結局なにも編集者としての横川さんのお手をわずらわせることがなかったのに、そこで途絶えずにおつきあいが長く続いていることも、うれしく思っています。どうぞこれからもいいお仕事をなさってください。

東　宏治

件名	人の死は、いつも突然／「枯野抄」
宛先	パスカルくん
日付	2017年9月1日

人の死は、いつも突然／「枯野抄」

パスカルくん

返事をありがとう。ときどき思い出す（あるいは　忘れる）ことですが、君は高校で新聞部だった。君の厳しいマスコミ批判を聞くたびに、それを確認します。（二年生のときに、なにか評論を書けと言われ、龍之介の「枯野抄」について書いたことを覚えています。個人的に言えばあれで自分の文体が決まったと思っています。）

ぼくも大学時代の親しい友人を二人亡くしている、思いがけず、あっけなく、としみじみ思います。（ひとの死って、いつも突然という気がする。）

東　宏治

句集完成おめでとう／リルケ

件名　句集完成おめでとう／リルケ
宛先　木佐木くん
日付　2017年9月3日

木佐木くん
メールありがとう。句集完成したそうでおめでとう。楽しみにしています。もっとも、ルーペで用が足りるか、とも心配ですが。
ところで小津夜景なるひと、心当たりありません。あまり若い女性のようには感じられませんが。とはいえ、
〈あたたかなたぶららさなり雨のふる〉は女性を感じますね。ぼくは、
〈ミモザちる千年人間のなきがらへ〉
が直に了解できました。リルケの「葉が落ちる／葉が落ちる／天上の園が枯れたように……」を思い出しました。高校時代の記憶ですが。
ではまた。句集楽しみです。

東　宏治

大塚国際美術館／国立博物館など

件名　大塚国際美術館／国立博物館など
宛先　さっちゃん
日付　2017年9月27日

さっちゃん
お返事ありがとうございました。
●大塚国際美術館へは、じつは10月9日にある高校の同窓会の前日にでも、鳴門に泊まって見学しようかなと考えていたところでした。当初、複製の美術館なんて、と思っていましたが、美学の教え子が、世界中の名作を一つの場所で実物大で見られることはありがたいんです、と言うのを聞いて、なるほどと認識を改めました。京都の博物館の薄暗い照明の中で、やっと等伯の松林図を前にして、全体も細部も暗くてほとんど見えない状態に腹が立って、すぐ出てしまったことを思い出します。複製だと細部の拡大もあり、教えられることが大きいですよね。もちろん大塚の複製に細部の拡大はないでしょうけれど、近づいて見られますね。

上野や京都東山の博物館へ行くたびに、古ぼけた蛍光灯とガラス板と冊のせいで、ああ今日もよく見えなかった！「国立博物館死ね！」といつも毒づいています。

●土産物のヒント助かりました。ちりめん山椒や塩昆布はなるほどと思いました。（ぼくには発想できないのです。）このあたりをイメージしながら、デパ地下を物色してみます。どこかでぼくらしさもチェックしながら。お香などはぼくには上品すぎるなあ、などと批評しつつ。

ほんとうにありがとうございます。ではまた。

東　宏治

季節の先触れという語がフランス語にも

件名　季節の先触れという語がフランス語にも
宛先　上杉省和様
日付　2017 年 10 月 8 日

上杉さん

メールありがとうございます。随分先と思っていた再会も、あと数週間になりましたね。それにしても異常な寒気にいきなり襲われました。ぼくは季節の先触れということばも出来事も好きで、例えば真夏にふと秋を感じる午後があったり、2月に春のような一日があると、なんとなく幸福な（正確な表現ではありませんが）気分になる気がしたものですが、今回のは大分違っています。（余談ですが、季節の先触れというようなことばが、フランス語にもあり、précurseur という語だったと思います、昔、たぶんフランソワ・モーリヤックの小説を読んでいて見つけて、これもなぜかうれしくなった記憶があります。）余談ついでに言えば、ある友人が、昔から日本人が愛でてきた虫の音が、西欧人には、雑音しか聞こえないというのを耳にして、そんなはずはないと思いました。これもジュリアン・グリーンという作家の作品のなかで、主人公が虫の音に耳を傾ける場面があったからで。単純に、日本人にしか分からないと断ずるのをぼくは好みません。

視力が更に悪くなられているよし、ぼくもじつは同じように進行しており、同情を禁じえません。ただぼくの場合、なんとか視力で読書を（情報量が違いますからね）と工夫し模索しつつ、音声と聴覚の道も「視覚化」に近づける方法もさぐっており、上杉さんより多少楽天的で明るいかなと思います。7日は木佐木くんもいることだし、話題は多岐にわたると思いますが、この種の情報交換もすることになるでしょう。ともあれお会いできることを楽しみにしています。

ではまた。

東　宏治

（＊）音声を「視覚化」するという表現は説明が必要ですよね。ぼくの場合、目をとじてものを考えていると、物の映像だけでなく、文字が映像化して見えてくるようなことがあるので、それをなんとかできないかと……。（笑）

件名　お宅のお山
宛先　上杉省和様
日付　2017年11月11日

お宅のお山

上杉さん
メールありがとうございます。iPadなど使っての実演がうまくいかなくて残念でしたし、ぼくがWindows系にうとくて、それなりのものを再現出来ず申し訳ありませんでした。PCのMacがなくても、せめてiPadを利用できる道がないか考えてみます。ところでお宅のお庭を拝見できて、単なる勘で、「果樹園」を見たいと申したのは大正解でしたね。庭じゃなくてお「山」を上杉さんが守り育てられていることを知って、感銘をうけるとともに、何より上杉さんの生き方に触れた思いです。あのお山は、と言っても、ぼくが知っているのは、あくまで案内してもらったお宅のまわりのごく限られた部分までで、こんな大げさかもしれないことを話していますす。ぼくには、あの範囲内で必要十分なので。上杉さんの自身の表現であると思いました。いつか二、三日滞在して、自分なりに小さな地図づくりをして、小動物たちの登場する童話にでもしたいと思いました。

とりあえずはとりいそぎお礼を申し上げます。

東　宏治

お礼遅くなりました／ゲーデル数

件名　お礼遅くなりました／ゲーデル数
宛先　本田夢穂様、遥子様
日付　2017年11月15日

本田夢穂様、遥子様
お礼が遅くなりましたが、山中湖ではいつもながらのあたたかいおもてなしをいただき、ありがとうございました。その後いかがですか？
あの夜、珍しくグラスの割れる音を聞いた時、遥子さんだけでなく夢穂さんもお疲れかなと案じていました。

わざわざ富士山駅まで送っていただいた後（白糸の滝までずいぶんたくさんの停留所があるんですね。途中、乗るバスを間違えたかなと心配になるほどでした。笑）幸い時間通りに友人に会え、もう一人の友人宅へも行き、会食もし、どちらの奥さんともおしゃべりしました。二人目の友人宅へは初めてでしたが、裏山のある大きな庭を一人で（植木屋も入れぬの意味）世話と管理をしていると知り感服しました。その人の生き方や人格を感じました。二、三日滞在して、起伏のあるその庭の地図をつくり、そこを舞台に小人か小動物か何か生きものの出てくる童話でも書きたくなるようなお庭でした。ぼくは何気なくお宅の果樹園を観たいと（東北か信州のりんご園のようなものを勝手に想像して）メールに書いて今回の二日目のプランになったのですが、これは正解だったと満足でした。想像とはまるで違って、手づくりの果樹園でしたが、そこがよかったのです。

帰宅後多少疲れ、何かと慌ただしく暮らし、このあとも珍しく一日はさみでコンサートもあり、運慶展に出かける元気が出てこないような有様です。会期もせまっていますしね。長くなりました。

ではまた。どうぞおふたりともご自愛ください。

東　宏治

夢穂さんに、６日に時間をとっていただいたゲーデル数の話。非常によくわかりました。以前あの『ゲーデルの証明』を読んだとき、読後興奮して眠れなかったことのわけがおかげでよく理解できたと思いました。もう少し詳しく言いますと、日常言語のあいまいさという面への関心から読み始め、あの素数の話から、数学的にも理解できたということです。あのときの、「素数」の文字通り一語で、全てが氷解した思いです。本当にありがとうございました。

寝言を言ったようですが

件名　寝言を言ったようですが
宛先　田浦敏雄様
日付　2017年12月19日

田浦君
CC読みました。ありがとう。いつものことながら、何から何まで細やかな配慮、感心と感謝です。見習わなくては、と思います。今後ともよろしくお願いいします。
ところで余談ですが、ぼくの寝言の件、思い出しました。自分が寝言をたしかに言ったろうということを。夢の中で、多分、半覚半睡というか、四分の三眠っていて四分の一覚めていた状態で、自分が誰かに向かって、説明か説教かそんな類のことを、声に出す前に、どうしようかためらったことを思い出したのです（笑）。
自分でも、ためらう自分を不思議に思い、でもいいや、話せ、と自分に命じて、思い切って声に（もちろん夢のなかでのつもり）ゆっくりと、で

もかなり大きめの声で、発したのです。朝になって君から、寝言を聞いたよ、と言われても
すぐには右記のことを思い出しませんでしたが、帰宅後、やっと、夢のなかでためらったの
は、きっと君がとなりのベッドに寝ているということを、四分の一の意識で配慮したのだろ
う、とわかったのです。

まあどうでもいい、まさに余談ですが。

ではまた。

東　宏治

●人生の友たちへのメ〜ル No 122

フェッチとプッシュ

件名　フェッチとプッシュ
宛先　さくらいともか様
日付　2018年2月5日

さくらい君
返事をありがとう。メールを読んで、確かめると、●確かにプッシュに変わっていました。「今朝はなぜかメールを取り込めないでいました」と書いたのは、わからぬまま、フェッチボタンを押していたからなのだと判明しました。
これでおかげでフェッチとプッシュの違いがわかりました。
なぜ急に、知らないうちに、フェッチに変わって、メールが受信できなくなっていたのか、の理由は分かりませんが……。iOSがアップデートしたさい、自動的にフェッチに設定される、ということはありえますか？
●「ファイル」（というアプリ）も実は自分でApp Storeからダウンロ

ードをしようとしたのですが、うまくいかなかったのです。君のメールを見て、やはり、と思いもう一度やってみたのですが、今度もうまくいきませんでした。ぼくはiPadのSafariから検索をかけるのが、うまく行くときと、ラチがあかない時とが半々で起こります。気を取り直してまたやってみますが。

どうもありがとう。君には最近いつもこんな質問ばかりで申しわけないです。

東　宏治

モンテーニュの引用集をありがとう

件名　モンテーニュの引用集を
　　　ありがとう
宛先　木佐木くん
日付　2018年2月18日

木佐木くん
メールをありがとう。モンテーニュの引用は、どれも君だけでなく、ぼく自身の思いをそのまま述べてくれているような気がします。引用集をありがとう、と言いたくなります。

●先頃わたしが、できるだけ他のことにはかかわらず、ただわたしに残されたこの僅かな歳月を独りで静かに送ろうと堅く決心して、この家に引込んだ。

（モンテーニュ『エセー』I―8）

●私の意図は、余生を楽しく暮らすことで、苦労して暮らすことではない。そのために頭を悩まそうと思うほどのものは何もない。学問だってどんなに価値があるにしても、やはり同じことである。私が書物に求めるのは、そこから正しい娯楽によって快楽を得たいというだけである。勉強するのも、そこに私自身の認識を扱う学問、よく死によく生きることを教える学問を求めるからに他ならない。

（モンテーニュ『エセー』II―1）

●たとえだれひとり私を読んでくれるものがいなくても、時間をたっぷり使って、これほど有益で、これほど愉しい思索を続けたことが時間を無駄にしたことになるのだろうか。

（モンテーニュ『エセー』II―18）

●われわれはたいへんな愚か者である。だから「あの男は一生を無駄にすごした」とか「私は今日は何もしなかった」とかいうのである。――なにをいうのだ。君は生きたではないか。それが君の仕事のなかで根本の仕事であるばかりか、いちばん輝かしい仕事なのだ。（中略）われわれの偉大な名誉ある傑作は自分にふさわしく生きることである。ほかのいっさいのことは、国をおさめることも、財を成すことも、建造することも、せいぜいその小さな付属物であり、添え物に過ぎないのだ。

（モンテーニュ『エセー』III―13）

どれも身にしみます。

ぼくの読書にモンテーニュがすっかり抜けていたのが不思議なくらいです。君の引用のおかげです。ありがとう。

東　宏治

ショパンとベートーヴェン

件名　ショパンとベートーヴェン
宛先　志摩 武様
日付　2018年2月26日

志摩様
早速のお返事ありがとうございます。
ぼくの好みは、いますぐ思いつくまま言うと、バッハ、グレン・グールド、アルヴォ・ペルト、といった按配です。この趣味は何や?! ?! では？ぼくは一曲でも気にいると、できれば全部聴きたいと思い、なかなか他の作曲家のものに手が伸びないできたので、いびつなファンです。(最近だいぶ変わってきました。) 要するに奥手なんだと思います。
ベートーヴェンはその良さがわかりません。以前、仲道郁代著『CDでわかるショパン』、『CDでわかるベートーヴェン』という本を買って聴き比べてみました。どちらも食わず嫌いで、自分から聴いたことがなかった作曲家なので。どちらも仲道が好きな作曲家であり、好きな曲をそれぞれ数曲演奏しているわけですから、ぼくのようなものにとってはとても好都合な機会だと思えたのです。

ぼくにはショパンはモーツァルトとおなじように何一つ無駄がないのに比べ、ベートーヴェンにはいわば「ノイズ」がたくさんあって、聴くのが苦痛でした。ショパンには才能があり（笑。天才というほど、ぼくは音楽を知らないので）ベートーヴェンは不器用な作曲家だなあ、と思いました。ぼくのこんな表現を聞かれて、あきれ、憐れまれるのでは？

3月のコンサートのベートーヴェンは好評だったようですね。ぼくは逆の感想をもちました。なんであんなに大きな音で、特に管楽器を鳴らすのだろうと思い、あまり楽しんではいなかったのです。こんな感想を耳にされて、志摩さんには呆れられることと思います。だから志摩さんにベートーヴェンの良さをぜひ教えていただきたいと思うのです。（ぼくに「ノイズ」と感じられたところが、ファンにはたまらないのかもしれませんね。）

長くなりました。今日はこのへんで。

東　宏治

広中平祐／聴書のこと

件名　広中平祐／聴書のこと
宛先　パスカルくん
日付　2018年4月6日

パスカルくん
メールをありがとう。ぼくもおしゃべりを楽しみました。
ところで広中平祐さんが京都大学の先生になったのが、一九七五年と聞き、一九四三を引き算すると、ぼくは32歳の時となり、その頃はすでに比叡平村に住み始めていたと思うので、何回か銀仙食堂で広中さんとしゃべった（もちろん客の一人としてぼくを女将さんが先生に紹介してくれたのです）ことが信じられなくなります。
また君が京都を引き払ったのが一九六九年だったのなら、ぼくは二六歳で、大学院生だったわけで、この頃は銀閣寺を出て↓浄土寺南田町、そのあと↓北白川平井町に下宿していたと思います。ぼくが広中さんと喋ったというのは、この期間でないかと思っていたので、計算が合わない。

広中さんが京大の教授に就任する前に、例えば集中講義なんかで夏休みに京都にいたというようなことがあったかもと（勝手に）想像したりします。あとでするこじつけかもしれないけれど、銀仙食堂のクーラーがよくきいていたような記憶も。それに夕食時に出会ったのは、短期間に集中していた気もするのです。

君の質問につられて、広中さんの話ばかりになってしまいました。

耳だけでする読書／聴書は、やはり集中度が浅くなるというか、読書中、眼で文字を追いつつしている思考が、朗読の音声文字の速さに追いつけないというか……。それに読みたい本が、図書館や本屋で見つけられる具合には、音源書籍は手に入らないということも。直接目の前で朗読してくれる人もすぐ見つけられるわけではないし。

ついぐちになったね。

ではまた。

東　宏治

ぼくは音楽の野蛮人で

件名　ぼくは音楽の野蛮人で
宛先　島本由紀子様
日付　2018年4月23日

島本由紀子様
ご丁寧なメールをありがとうございました。返事が遅くなって申し訳ありません。97歳になる母の老健施設等の件で、かなり忙しくしていました。
●今日は思い切って島本さんに、自分が日頃音楽についてもっている幼稚で野蛮人のような考えを披露します。呆れられると思いますが、どうぞこれまでと変わらずコンサートのご案内をください。
ぼくの音楽の素養は、当然オーソドックスな五線譜に記譜されている範囲内なので、例えば、これまでの島本さんの曲も、たしかに奏者が楽器を使っているのですが、ほんとうに見慣れた五線譜で書かれた記号を再現されているとは思えません。（笑）

ぼくはほんとうに音楽の野蛮人なので、奏者のそばに行って彼または彼女が演奏している楽器と、楽譜らしいものと、表情とをながめつつ、あ、そういうことなのかな、と自分なりに納得（または、わからないと納得）したがっているのです。

●ところで唐突ですが、クラリネットのレッスンを待っているようなおりに、ときにメロディーの数小節が何故か浮かんでくることがあります。それをまとめて二声（〜四声）の小さな曲に仕上げたいと思うことがあります[*]。島本先生！（大学生よりもできれば子供向けの）曲作りの手引き本が何かないでしょうか？　楽典の細かな規則の知識よりも、子供が喜んで声や楽器で実践したくなるような絵本があれば、ぼくにうってつけです。フランス語や英語の絵本のようなものがあるといいのですが。

もちろん子供向けでないけれど、右記のぼくのセンス（子供的、原始人的、あるいは世俗的な）に合いそうなものがあれば頑張って読んでみますので、どうぞよろしくお教え下さい。

作曲中の貴重なお時間をお邪魔して申しわけありません。一読後無視されて、どうぞお仕事にご専念ください。

今後のご活躍を楽しみにしております。

東　宏治

（＊）「大江光の音楽」という彼の最初のＣＤの、文字通り最初の曲を聴いていると、ぼくには笑いだしたくなるくらい、自分が手探りでメロディーにしたような、その軌跡が、手に取るようにわかる経験をもちました。でも彼には先生がついているので、二曲目から、あれよあれよという間に「うまく」なっていって、モーツァルト風の曲になり、彼独自の曲が生まれてきて驚きました。

　ぼくは「うまく」ならなくても、自分なりの曲にさせたく願うのです。もちろんどれもどこかで耳にした風な模倣になっていると思いますが、そこから先は才能の問題で、ぼくは老後のひそかな遊びで十分なのです。

写真のお礼と近況報告

件名　写真のお礼と近況報告
宛先　さっちゃん
日付　2018年5月1日

さっちゃん
27日に母を京都の大原から、徳島の施設に無事移動させました。三、四時間ほど要したにもかかわらず、母は案外元気でした。途中、あれはレンコン畑や、とかいろいろ風景の説明を運転手さんにしたりしていたそうです。ぼくは妹の夫の運転する車で先導し、妹は車椅子に載った母のタクシーに同乗。明石大橋をわたってすぐの、淡路島のサービスエリアに、施設の女所長さんと介護士さんの迎えの車が待ってくれていました。といった具合で、ちょっとしたＶＩＰなみ、とまではいかないけれど、やはり願成寺の住職のお声がかりの手厚い扱いを感じました。まだ三日ほどですが、母はこういう厚遇が好きなので、きっと満足していると思います。徳島に帰したことが、精神面でもいいことになるような気がしていますし、それを願っています。

ところでこれは別の話ですが、この徳島の施設に前もって3月中旬に見学にでかけた折、還国寺のお母さんのお墓にもお詣りしましたが、いつも感心するのは、ぼくの気まぐれなお参り（今回もお彼岸にはまだ先の12日）にもかかわらず、いつもあたらしいお花がたむけられていることです。（リュウちゃんのお嫁さんの気配り？）

とりあえずは近況報告をかねて、お礼かたがた。

ではまた。

東　宏治

●人生の友たちへのメ〜ル　No 128

サイボーグ仲間？

件名　サイボーグ仲間？
宛先　本田遥子様
日付　2018年5月17日

本田遥子様

メールありがとうございました。無事コルセットから解放されてほっとなさったことでしょう。筋金入りの淑女となられたよしで、ぼくも右腕にチタンの合金が入っていますので、お互いサイボーグ仲間ですね。ぼくの場合も全身麻酔で四時間かかったのですが、どう考えても、遥子さんの手術がはるかに大変だったと思います。こちらは右肘の骨が粉々に割れて、ジグソーパズルのピースを集めて、元の位置にもどすのに苦労されたそうで、最後の一つがついに見つからなくてね、などと先生に言われましたが、ちょっとゲーム感覚もあったかも。でもおかげで、いまではぶらさがり健康器で懸垂もできます。遥子さんの回復も早からんことを祈り、信じています。

勇気づけにならないようなメールですみません。またの再会をお待ちしています。夢穂さんにもよろしくお伝えください。

東　宏治

●人生の友たちへのメ～ル　No 129

「こんな夢を見た」

件名　「こんな夢を見た」
宛先　上杉省和様
日付　2018年6月9日

上杉さん

久しぶりのメールをありがとうございました。なにやらわけの分からぬうちに梅雨入りしましたね。こちらも変わらず元気ですが、緑内障も変わらず元気で、右目が急速に進んだ印象です。白内障の手術をされて拡大鏡での読書が復活されたよし、うれしいお便りです。注射に通われているのが伊豆とうかがい、驚きました。運転されて行かれたのでしょうか。老婆心ながらすこし心配もします。

母を京都の老健施設から徳島の特養の施設に急遽4月末に移しました。もう九八歳で、最晩年を生まれ育ったふるさと近くがよいかな、と考えたのです。幸い多少幻覚も有るものの、頭はまだしっかりしています。そんなわけで、ぼくも少し忙しいこともありました。なんとか自分の本をまとめたいと思いつつ、すでに書いたものをまとめるだけのことなのに、一向にはかどらないのはなぜなのでしょうね。

おすすめの光田和伸『芭蕉めざめる』(青草書房)、ぜひ読みたく思いますが、朗読本はないでしょうし、残念です。

上杉さんが固執されているように、読書はやはり目でするものが、はるかに充実していますよね。ぼくはもっぱら耳でする読書にたよっているものの、こんな夢を二度も見ました。それは耳から朗読の音声を聴きながら、目の前にまるでパソコンの画面のように、その読み上げられる音声が文字になって現れてくるという夢でした。やった、これで目と耳で同時に読書ができるぞ!!という、笑えるような、泣きたくなるような夢でした。(笑)

まぁそんなわけで元気にやっていますのでご安心ください。またお会いしておしゃべりできるといいですね。奥様にもよろしくお伝えください。

東　宏治

No
130

神の沈黙

件名　神の沈黙
宛先　上杉省和様
日付　2018年7月24日

上杉さん
台風一過、お互いなによりですが、近頃の天変地異は、どこか同じ場所を狙うふうな印象があり、腹立たしいことです。今朝四時に起きて階下のTVを見ていたら、台風情報のあと、遠藤周作の『沈黙』をとりあげた番組の再放送をやっていて、つい見てしまいました。実は（以前中断して最後まで）読んでいなかったもので。番組が作品のテーマをちゃんと伝えているかどうか、読んでみないと何も言えないですが、神の沈黙を出発点にしていているらしい点にすぐ疑問を感じてしまいました。神なんて常に沈黙しているもので、それを理解することが、信仰の始まりであり全てだとぼくは思うのです。神が答えることを期待するのは、ご利益信仰と変わらない気がします。……

ではまた。

東　宏治

寝苦しいときの三択の夢／続句集ゲラ拝受

件名　寝苦しいときの三択の夢／続句集ゲラ拝受
宛先　木佐木くん
日付　2018年8月14日

木佐木くん
メール三通ありがとう。ご家族、君の体内、いろいろ大変のようですね。ぼくもよくトイレに立ちますが、夜間はたまに一度、最近は昼間よく汗をかくせいか、朝方まで寝てられます。でもぼくの寝室は夜間32度にもなることが多く、熟睡とは程遠い。なにやら解決不能の、あるいは選択不能のややこしい三択問題、あるいは三択状況を自らに課してついに目覚める、といった具合。それが毎朝の夢です。なぜ二択でなく三択なのか、三つ目の選択肢を（よくもこんな複雑な、微妙な、というか精妙な、むずかしい第三の課題を）思いつくのか、そこにぼくの現在の状況（心境、体調）が表れているのだろうと思いますが。

●あらためて送ってくれた〈続・句集（最終原稿）.docx〉〈最終ゲラ10.30.pdf〉、どちらも読み上げさせられることを確認しましたのでご安心ください。（ぼくも安心しました。）ただ後者には独自の（Macのでない）読み上げサービス機能がついているのですか？　後者を読み上げしているのが、Macのものなのか、付属のものなのかよくわかりませんでした。「Balabolkaをダウンロードして」と指示があったけれど、そんな読み上げアプリがあるのは知りませんでした。読み上げに関しては、ぼくの場合、すべてMac内蔵の機能を使っています。

東　宏治

とりあえずは。

猛暑ながら

件名　猛暑ながら
宛先　木佐木くん
日付　2018年8月18日

木佐木くん
　メールありがとう。熱中症になりかかったと聞き、ぼくも、と言おうとして、まあぼくの場合、ちょっと頭が痛かっただけで、熱もなく、比叡平村の我が家の寝室が32度になっても（こんなことは40年以上もここに住んで一度もないよ）、なんとか大丈夫のようです。ぼくは体温が元来低いみたいで（35度ほど）ちょっと熱ぽいかなと計っても36度いくらといった塩梅なので、こんな高温にも案外強いのかも、と思います。10年以上も前のことですが、フランスに学生の語学研修の付き添いで、8月の一ヵ月を42度から44度の中を過ごしたことがあります。（幸い学生たちも元気でした。）38度くらいで日本は大騒ぎをするなぁ、と思っていましたが、41度にもなったところが出てきて、たしかに今夏は例外的に暑いね。

●君からメールをもらって、もう五日も経つとわかり、愕然としました。やはり暑さのせいで作業能率が落ちているといえますね。

ところで君の新しい句集を目で読むのは、やはりしんどいと、先日もらった編集校正用のデジゲラ（というのが正しいかわからないけれど、校正用ゲラ刷りとは言えないので）をあらためて「読み上げ」させようとしたけれど、選択しても読み上げしないことを発見したよ。キンドル版をもらったつもりだったのだけれど。あのデジゲラは時限の制約(＊)を編集者なり印刷所なりがかけてあったのだろうか？　もし君の手元にデジゲラが残っていたら、確認してみてください。読み上げするようなら、ぼくに再送してみてほしい。

ともあれまだ暑さは続くようだから、お互い「ご自愛」しましょう。

東　宏治

（＊）「時限の制約」とは一定の期間しか有効でない仕掛けの意。

ネズミ取りにやられたとか

件名　ネズミ取りにやられたとか
宛先　木佐木くん
日付　2018年8月23日

木佐木くん
ネズミ取りはやられると、たいてい腹が立つね。ぼくの最大？最悪のケースは、高速から普通の道に出るための専用路で40キロオーバーをとられ免停になったとき。普通路に出る前には当然信号があるし、そこへ至る専用路には当然対向車もないし脇道もない！　そんなところでネズミを取るな！とむっとしたよ。しかも数日後に裁判所？からの召喚通知が来たらしいが、ぼくは前便でも書いたように学生の語学研修の付き添いでまるまる一ヶ月フランスにいたから、三度ほどの召喚通知を全部無視。（その8月の一と月間、これも書いたけれどフランスでは全土で連日42度〜44度の猛暑。今年の日本の夏よりもひどかったよ。ぶどう酒は当たり年になったけれど。）9月になって帰国してやっと出向いたら、「悪質と思いましたが、お仕事を拝見して、なにかご事情もおありかと考えておりました」と嫌味を言われた。おかげで守山（びわ湖の東岸）の教習所で講義講習とペーパー試験をやられ、当日免許の再交付されたけどね。

●「聖なるあきらめ」は読んでませんが、最近まわりのものを徐々に整理し始めたら、ものがなくなったことで停滞気味の脳と手足が軽くなってきた気がします。執着してないつもりでも、実際にものを捨てないとだめなんですね。具体論になりましたが。ではまた。

東　宏治

がんのこと

件名　がんのこと
宛先　宇崎哲也様
日付　2018年9月17日

宇崎くん
君が『万引き家族』を二度も見たと聞き、自分が見に行けなかったのが残念。はやくDVDが出るかTVで放映されるのを願っています。
それにしてもがんで亡くなったと聞くと、やはり君からの話で、角橋くんのことも連想しました。近くのドイツ語の先生の釣り友達も、がんと長く付き合っているのを知っているので（ぼくも見舞いについていった）、つぎつぎと思いがつながっています。ぼくにジャコメッティ展のポスターやムーミンのショールをくれた高校の美術部の同級生も、がんだったらしいし。ご主人からの手紙で知りました。

とはいえ、と話題を転ずるのもおかしなものですが、グールドもヴィトゲンシュタインもジャコメッティも、その日常生活上の、しかし仕事と区別のつかない、数々の楽しくなるエピソード（区別のつかない点が天才のしるしなんですが）を考えると、がんによる死なんかどうでもよくなる気がします。

ではまた。

東　宏治

フェルナンド・ペソア／バッハ

件名　フェルナンド・ペソア／バッハ
宛先　木佐木くん
日付　2018年11月6日

木佐木くん
メールありがとう。フェルナンド・ペソアのことは全く知りません。サピエ図書館で探してみたけれど、朗読音源はないみたいです。Wikipediaでもあまり詳しくないようです。どういうきっかけで読むことになったのですか？
ところでペルトと関係する？（とは思えないが……）

ぼくは最近バッハ関連の本を読んで（聴いて）いますが、そもそも耳からだけの読書は、やはりつらいものです。いっそ塙保己一の伝記でも読んで、当時（点字があったとは思えない）どんなふうにして読書、勉強、研究をしたのか知りたくなったよ。上杉さんがあくまで目による読書にこだわる気持ちも、もちろんよくわかります。

東　宏治

ペソア／ボルヘス

木佐木くん
メールをありがとう。君の書きとめた断章の引用で、ペソアの様子がかなりわかった気がするが、このボルヘスの評言で、外から見ながら、かつ内実が一気に了解させられる気がしました。君の前便メールのわけもわかった気がするよ。

気がする、の多用ですが、直接読んでないので仕方ないけれど。

ともあれありがとう。ちょっと自尊心をくすぐられる思いがしました。

東　宏治

件名　ペソア／ボルヘス
宛先　木佐木くん
日付　2018年11月7日

たとえばペソアの断章のひとつ。まさにぼく好み。

「私はなぜ　あらゆる人　あらゆる場ではないのか！」

またボルヘスのペソア評で、どんな仕事をしたひとなのか、本当に一気に想像できた。

「ペソア、あなたは、流派や、その教条（ドグマ）やレトリックの虚しい形象や、一国や一階級や一時代を代表せねばならぬという執拗な義務感を、造作なく捨てることができました。おそらくあなたは文学史のなかに、自分がいつか場所を見出すなどとは夢想だにしなかったことと思います。」（ボルヘス）

No 137

おくやみ

寅彦さま

兄さん（しかもぼくらのすぐ上の）が亡くなったと聞き驚きました。高校の学園祭で女装していた姿を思い出すよ。まわりで少しずつ友達もいなくなるね。

お互いこれまで通り仕事に精をだしましょう。

東　宏治

件名　おくやみ
宛先　寅彦さま
日付　2018年11月11日

隠密説／ミシン／コピー機

件名　隠密説／ミシン／コピー機
宛先　上杉省和様
日付　2018年12月3日

上杉さん
メールありがとうございます。奥の細道の文学散歩に受講生たちと出かけられたよし、土地のどの名前からも、スナップショットのような一枚が浮かんできました。「黒羽に二週間」滞在については、うちの講師の先生だったか添乗員のひとのほうだったかが、歓待されてつい長逗留みたいな説明でしたが、たしかに変ですよね。隠密説を伺って、上杉さんとご一緒できていればと思います。ほかにもびっくりすることばかり。
何しろぼくの芭蕉論の読書は、中学三年のときに読んだ山本健吉『芭蕉』（たぶん増補新装版）だけなので。もちろんご存知と思いますが、時代を追った句の解釈書ですが、桃青時代のことが不思議と気にかかった記憶があります。図書館で借りて読んだのですが（後に購入。こちらが新装版だったかも。)、面白くて、いまだにぼくの芭蕉の句は、ほとんどこの本で知ったものばかりです。だから芭蕉の私生活と作品との関わりについて全くの無知です。おすすめの本をなんとか読みたく思います。

比叡平村も今年はあたたかく、昨日の小春日和に、薪づくりの第2回目をやっとはじめたくらいです。笑われると思いますが、ミシンなども始めて、扱いに手間取ったりして、なかなか本業のほうは進みません。ぼくの緑内障は少しずつ悪くなっているのですが、日常生活に支障が感じられないぶん、つい呑気です。長年使ったコピー機がとうとう不具合になり、かなり立派なものを思いがけず安価に手に入れました。これはA3まで拡大できるので、たとえば葉書をA3にまで拡大して、それを広げてながめて、いや、読んで(傍目には、やや小型の新聞紙を広げているように見えるのでは?)楽しんでいます。一冊の本をこんな具合に全ページ拡大コピーして読めるといいのですが。上杉さんは手術後かなり読書が楽になられたとのことでしたが、その後お変りありませんか?

ではまた。

東　宏治

自動体温調節機能

件名　自動体温調節機能
宛先　上杉省和様
日付　2019年2月18日

上杉さん

メールありがとうございます。こちらも変わらず元気にやっています。消寒法と言った格別なものはありませんが、不思議に以前より寒さに強くなった（主観的に）気がします。そう、同い年の近隣に言ったら、そら歳のせいで、寒ささえ感じないようになったんや、と笑い飛ばされました。（笑）「いや客観的には寒いけれど……」とわれながら膠着表現（この語、正しい使い方ではありません）だな、と思いつつ答えましたが。確かに高齢ゆえに感受性が鈍麻することもありえますがね。ぼくの場合、たぶん世間でよく言う「気のもちよう」で、主観的に以前ほど寒いと感じなくなっているということかと、ここまで書いてやっと納得しました。上杉さんのお尋ねは、そのお前の「気のもちよう」は如何？とのことなんですね。

（笑）

話はちょっと逸れますが、ぼくはひとが今日は暑い（あるいは寒い）と言うとき、「あれ、ぼくは逆なんだが」と内心思うことがなぜかよくあります。もちろんこのごろのように、極端に寒い（暑い）異常気象のような場合は正常に反応していますが。長年そんな思いをするうちに、自分なりに理由を考えました。それはぼくは文明人よりも動物に近いので、どうも体温の自己調節機能が十分に残っているため、外の温度に合わせて体温を微妙に、あるいは敏感に、上げ下げしているせいではないか、ということです。（ぼくが動物に好かれる（気がする）のも、そのせいかも。）

そんな機能が残存しているか否かはわからないものの、ぼくのひそかな信念は、その原始的な自己調節の働きを極力維持するように心掛けたいということです。電気毛布のかわりに羽毛布団を二まい重ねている（ベッドは見た人が笑うほどふくらんでいます）ので、朝方、一晩かけて自分の体温でポカポカとあたたくなったふとんの中で、ぼくは幸せな気分です。まあぼくの気のもちようは、この自己調節機能への信頼とでもいったものかもしれません。

また無駄な長話をしました。ではまた。

東　宏治

ご本拝受

薬師川先生
ご本ありがとうございました。

「一羽のカモメ
それともきらりと
通り過ぎた思い」(*)

なんて、すてきです。友人の句にも出てきそうな、ぼくも書きたくなるような詩ですね。
でも先生、瀟洒ないつもの造本ですが、活字はもっと大きくしてほしい

件名	ご本拝受
宛先	薬師川虹一様
日付	2019年2月26日

なあ、です（笑）。

最近、長年使ったコピー機をとうとう買い替えました。はがきをA3まで拡大してよろこんでいますが、このきれいな本は、手荒く開けてコピー機の蓋を押しつけることはできません。(**)

とりいそぎお礼かたがた。ご自愛下さい。

東　宏治

（＊）（後日注）薬師川虹一訳『煌めく風 リジア・シェムクーテ詩集』（竹林館）

（＊＊）ぼくはずいぶん昔から、下敷きのようなスキャナーつきのコピー機をなぜ誰も発明しないのだろうと、部厚い本をコピーするたびに思っていました。下敷きをページの間にはさんで、上下のページを一気にスキャンさせて、本機に送るのです。

ポエジー／内的動体視力の涵養

件名　ポエジー／内的動体視力の涵養
宛先　木佐木くん
日付　2019年3月11日

木佐木くん
「何かに出会うために、毎日適当に散歩している」というのが、まさに君の「方法」だとすると、ぼくの方法はいわば内的動体視力の涵養ですが、このごろ意識力の弱りというか消滅を（笑）自覚というか意識しています。一秒前に思いついたことを思い出せない（しばらくすると、あるいは数日して、出てくる）とか、さっき使っていたハサミが見つからなくなるとか（じつは目の前にあった！）とか。でもまあ思考の手帖を続けるしかない。内的な散歩というか、内的動体視力の維持、涵養を。

●元同僚の薬師川虹一先生からもらった訳詩集『煌めく風』はリジア・シェムクーテという詩人の本ですが、薬師川先生の解説をまだ読んでないので、どこの国の詩人かもわかりません。ぼくもあの三行詩で俳句を連想し、あるいはそのつもりかもしれないと思いました。

でもぼくは三行の短詩を書きたいと思ったわけではないし、試みたいとも思わないよ。「一羽のカモメ」は詩としてぼく好みで、そのつもりで君にメールしたし。ぼくがいいと思ったのは「詩想（ポエジー）」であって、それが君の句のなかに出てきてもおかしくないし、ぼくもどこかで書いた気がする、といったところです。「どこかで」というのは、ぼくの詩集や『思考の手帖』で、ということです。

ではまた。

東　宏治

件名　内的動体視力
宛先　樋口至宏様
日付　2019年4月8日

内的動体視力

樋口至宏さま

お礼の返事忘れていました。今後はフォルダで送ることができますね。文字化けがなぜ起こるのかよくわかりませんが。作文、遅々として捗(はかど)りません。

東　宏治

追。今このメールを音声入力で書いていたのですが、「ちちとして」の箇所で、一旦「遅々として」と変換しはじめて、急に思いなおしたふうに「父として」と変わり、「はかどり……」と言いかけたら、とたん「遅々として」に戻ったのを画面上で目撃して、感心しました。プログラムした人は当然でしょ、文脈で判断させる機能も入れてあるのだから、と言うかもしれないけれど、ぼくは、その様子が、まるで自分（人間）の頭の中の連想の仕組みを目の当たりにする思いがして、映像化してもらった気がして、感心し、感動すらしたのです。ぼくの言う「内的動体視力」の現場の、いわばとてもわかりやすい映像化です。余談ですが。

件名　先生の死
宛先　さっちゃん
日付　2019年4月16日

先生の死

さっちゃん

ご連絡ありがとうございました。本当に、人の死というのは、いつも突然ですね。人づての話で、石収集の趣味、地域のボランティア活動、生活ぶり、どれをとっても、ぼくらが中学生の時分の精悍な先生のイメージを想像させるので、長生きされる人と、つい思い込まされていましたね。日曜大工の最中というのは、いかにも死の理不尽さを思い知らされたな、という思いです。でもなんとなく、青年ぼく雄々しく死に立ち向かったとも、ぼくには思えるのです。自分もそうありたいと願っているので。

それにしても、そんな先生と日々接してこられた奥様にとって突然の死は、とても信じられないことだったでしょうね。

ぼくも手紙に書こうとしたのですが、真っ直ぐな文字の列にならないので、結局メールになりました。
それにしても、毎月母の施設へ見舞いのために帰徳しているのに、お会いしてなかったのを悔やみます。

東　宏治

ヤ行

ラ行

ワ行

マ行

ナ行

ハ行

カ行

索　引

（各項目のあとの数字はメール番号を示している）

謝　辞

本書を上梓するために、今回も校正その他の点で、尾崎哲也さんに本当にお世話になりました。鳥影社編集部　樋口至宏さん、野村美枝子さんともども深く感謝いたします。

著者紹介

東 宏治（あずま・こうじ）

1943年生まれ。フランス文学者。

著訳書に

エッセイ　人生の友たちへのメ〜ル（鳥影社）2019　本書
　　　　　15|16歳でわたしが考えたこと（鳥影社）2019
詩集　タブラ・ラサ　頭のなかを空っぽにして（鳥影社）2012
エッセイ　ぼくの思考の航海日誌（鳥影社）2012
　　　　　ムーミンパパの「手帖」トーベ・ヤンソンとムーミンの世界（青土社）2006
　　　　　思考の手帖　ぼくの方法の始まり（鳥影社）1995
翻訳　ポール・ヴァレリー『ヴァレリー・セレクション（上／下）』（平凡社ライブラリー／松田浩則と共訳）2005
　　　マルト・ロベール『カフカのように孤独に』（平凡社ライブラリー）1998

など。

人生の友たちへのメ〜ル

二〇一九年一一月三〇日初版第一刷印刷
二〇一九年一二月一五日初版第一刷発行
定価（本体一八〇〇円＋税）

著者　東 宏治
発行者　樋口至宏
発行所　鳥影社・ロゴス企画
長野県諏訪市四賀二二九―一（編集室）
電話　〇二六六―五三―二九〇三
東京都新宿区西新宿三―五―一二―7F
電話　〇三―五九四八―六四七〇
印刷　モリモト印刷
製本　高地製本

ISBN 978-4-86265-784-8 C0095

好評既刊

（表示価格は税込みです）

15/16歳でわたしが考えたこと

東 宏治

フランス文学論からムーミン論、ジャコメッティ論まで、同じ深さと分かりやすさで。この明晰。 2310円

詩集 タブラ・ラサ ——頭のなかを空っぽにして

東 宏治

やさしい言葉を駆使し、しかも抽象的で感覚的、形而上的でリリカルな独自な世界を表現する詩集。 1760円

思考の手帖

東 宏治

——考える楽しみを読もう！ 分かりやすい言葉で深い考えに導く。心ときめく魅惑の一冊。 2990円

ぼくの思考の航海日誌

東 宏治

ここは考えるカフェである。ドアを開ければ、すべての人に、さまざまな思考のもとが用意されている。 1980円

東ドイツ映画

S・ハイドウシュケ著
山本佳樹 訳

東ドイツ映画の魅力に迫る！ 東ドイツ映画の成立と変遷、映画製作の特殊性、他国との関係などを詳述。 2420円